Sophie Grossalber

Blut und Dunkelheit

Eine Dumornay Novelle

Dark Fantasy

Bibliografische Information der Deutschen Nationalbibliothek: Die Deutsche Nationalbibliothek verzeichnet diese Publikation in der Deutschen Nationalbibliografie; detaillierte bibliografische Daten sind im Internet über dnb.dnb.de abrufbar.

Lektorat: Michaela Harich, www.michaelaharich.de

Korrektorat: Tino Falke, www.tinofalke.de

Satz: Sophie Grossalber, www.sophiegrossalber.com

Illustrationen und Cover: Sophie Grossalber, www.sophiegrossalber.com

ISBN: 9783756887590

Herstellung und Verlag: BoD – Books on Demand, Norderstedt

Sophie Grossalber

Blut und Dunkelheit

Eine Dumornay Novelle

Dark Fantasy

Inhaltsverzeichnis

Inhaltsnotizen

Hier folgen Inhaltsnotizen für Menschen, die diese benötigen. Wer sie nicht lesen will, blättert bitte weiter.

- Blut (teilweise grafisch)
- Gewalt, Fantasy (grafisch)
- Gewalt, Schwerter (grafisch)
- Häusliche Gewalt (angedeutet)
- Einvernehmlicher Sex (teilweise grafisch)

Das Kapitel, in dem sich die Sexszene befindet, wird auf der ersten Seite durch folgendes Symbol gekennzeichnet.

Für die nicht-binären Charaktere in *Blut und Dunkelheit* wurde folgende Deklinationstabelle für das Neopronomen „dey/deren" verwendet, in Anlehnung an die Deklination, welche im Nichtbinär-Wiki gefunden werden kann, unter: https://nibi.space/pronomen#dey

Nominativ (wer?) - sie/er - dey

Genitiv (wessen?) - ihr/sein - deren

Dativ (wem?) - ihr/ihm - denen

Akkusativ (wen?) - sie/ihn - dey

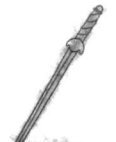

KAPITEL 1

Xi Lei atmete tief durch und lehnte sich dann zur Seite, um an den Menschen in der Schlange vor ihr vorbei zum Schalter zu sehen. Sie hörte gerade noch so, wie der Zollbeamte, der bei der Passkontrolle hinter der Scheibe aus Plexiglas saß, im tiefsten Südstaatler-Akzent auf die ältere Dame vor ihm einredete – die offensichtlich kein Wort verstand, denn sie fuchtelte weiterhin mit dem grünen Einreiseformular vor seiner Nase herum.

Die Jägerin seufzte und rollte einmal die Schultern, um die Verspannung zu lösen, die sich über die fast vier Tage, die sie in Flugzeugen und auf Flughäfen verbracht hatte, angesammelt hatte. Innerlich verfluchte sie den Vampir dafür, dass dey schlau genug gewesen war, sich ausgerechnet in den USA abzusetzen. Nicht nur, dass Lei sich jetzt fühlte, als müsste jemand sie wie einen Klumpen Ton durchkneten, weil sie so viel Zeit in den unbequemsten Flugzeugsesseln der Welt verbracht hatte, es gab auch noch ein klitzekleines Problem: China hatte kein Auslieferungsabkommen mit den Vereinigten Staaten abgeschlossen. Selbst wenn sie also ihre flüchtige Person finden sollte, konnten die amerikanischen Jäger, oder auch die Vampire selbst, ihrer Mission einen Riegel vorschieben.

9

Ganz zu schweigen davon, dass dey vielleicht nicht mehr in New Orleans ist ...

Endlich kam Bewegung in die Schlange am Schalter, und Lei sah einen Lichtblick am Horizont. Sie wollte nur in ihr Hotel, duschen und den Jetlag ausschlafen. Wenn sie noch irgendwo eine ordentliche Massage oder Dehnübungen unterbringen konnte, umso besser. Aber zuerst musste sie es ohne Komplikationen durch die Passkontrolle schaffen. Sie hatte sich offiziell als einreisende Jägerin angekündigt und auch ihren Fall den Jägern in New Orleans dargelegt. Der Zollbeamte starrte sie jedoch über die Schulter des Reisenden vor ihr so finster an, dass sie nicht daran glaubte, heute noch vor Mitternacht im Hotel anzukommen.

Der dumpfe Schlag, mit dem der Stempel des Zollbeamten auf dem Pass des Einreisenden landete, hallte durch die nächtliche Ankunftshalle. Er gab den Pass zurück, und Lei beobachtete, wie der Mann vor ihr durch die Türen zur Gepäckausgabe schritt. Die Türen schlossen sich mit einem leisen Zischen hinter ihm, und sie drehte den Kopf wieder zum Zollbeamten. Dieser winkte sie mit einer kurzen Handbewegung nach vorne.

Lei trat an die auf dem Boden ausgewiesene Linie, reichte dem Beamten ihren Pass und das Formular. Sie biss sich auf die Unterlippe und versuchte, ihre Nervosität damit zu besänftigen, dass sie den Mann hinter der Plexiglasscheibe genauer unter die Lupe nahm, um sich so von ihren eigenen Gedanken

10

abzulenken. Die dunkelblaue Uniform unterstrich seine schwarzen Haare. An den Schläfen konnte sie die ersten grauen Haare erkennen. Das Licht der Neonlampen über ihnen wusch seine sonst vermutlich terrakottabraune Haut zu einem fahlen Rotbraun aus und zeichnete scharfe Schatten und Kanten auf sein Gesicht.

Der Beamte räusperte sich und fragte dann: „Ihr Grund für die Einreise?"

Er sah sie über den Rand ihres Einreiseformulars an. Lei unterdrückte ein Augenrollen. Der Grund stand schwarz auf grün auf dem Blatt Papier in seiner Hand. Aber natürlich musste er nachfragen. So verlangte es das Protokoll.

„Ich bin aufgrund einer Mission hier", antwortete Lei in bemüht ruhigem Tonfall. „Ist alles mit den Jägern von New Orleans abgeklärt."

Der Mann nickte und fragte dann weiter: „Sie wissen, dass Sie sich umgehend bei der Jägerkoordinatorin der Stadt zu melden haben, Frau ...", er warf noch einen Blick auf ihre Unterlagen, bevor er weitersprach, „... Lei?"

„Xi."

Er hob eine Augenbraue.

„Mein Nachname ist Xi. Lei ist mein Vorname. Und ja, die Jäger sind mein nächster Stopp vor dem Hotel."

Also komm in die Gänge, damit ich endlich hier raus kann!

„Gut, dann legen Sie bitte noch Ihre Finger auf den Scanner hier vorne. Zuerst bitte den rechten Daumen, dann die anderen Finger. Wenn Sie damit fertig sind, schauen Sie bitte in die Kamera hier." Er zeigte auf das kleine rechteckige Gerät, das in einem Ausschnitt der Glasscheibe über seinem Computerbildschirm hing. Lei tat wie geheißen und unterdrückte den Drang, ihn zu fragen, warum das so lange dauerte. In China würde sie dafür in ernste Schwierigkeiten kommen, hier vermutlich genauso. Und sie hatte wirklich keine Lust, noch mehr Zeit am Flughafen zu verschwenden.

Der Beamte nickte, stempelte ihren Pass und winkte sie dann endlich durch. „Ich wünsche Ihnen noch einen schönen Aufenthalt in New Orleans."

Sie bedankte sich, wünschte ihm noch eine schöne Nacht und trat dann durch die Tür, um ihr Gepäck zu holen.

Mit ihrem Schwert in seiner Reisehülle und ihrem Rucksack auf den Schultern sah sie sich nach dem Schild für die Mietwagen um. Obwohl sie unglaublich müde war, und am liebsten in ein Taxi gestiegen wäre, würde ein eigener Wagen vieles leichter machen. Sie sah nach oben zu den Schildern an der Decke, die den Taxistandplatz und die Parkplätze auswiesen. *Da lang.* Ein Pfeil auf dem Schild lotste sie nach rechts, ein Stück den Weg zurück, den sie gerade erst gekommen war, und dann links um eine Ecke. Schon sah sie sich mit einer Reihe an Schaltern konfrontiert.

Lei setzte ihren Rucksack mitsamt Schwert ab und kramte nach dem Zettel, auf dem die Mietwagenfirma stand, die ihr Josephine Bonnet empfohlen hatte. Wie hatte sie noch gleich gesagt? *„Die Wagen sind zwar nicht billiger im Vergleich zu den anderen Firmen, aber immerhin zahlst du mit denen hier nicht auch noch versteckte Reparaturkosten für Kratzer, die du nicht verursacht hast."* Sie steckte den Zettel weg, holte die Unterlagen hervor, die sie benötigte, und ging dann zum letzten Schalter in der hintersten Ecke.

Etwa eine Viertelstunde später hielt sie die Autoschlüssel in der Hand und lief die Reihen in der Parkgarage auf und ab, auf der Suche nach dem Wagen, zu dem sie gehörten. Aber in dem Dschungel aus schwarzen und blauen Chevrolet-Kompakt-SUVs verlor sie die Orientierung. Mit ihrer Geduld am Ende drückte Lei auf den Knopf zum Entsperren des Wagens - und siehe da: Etwas piepte hinter ihr. Sie drehte sich um und seufzte. An dem mitternachtsblauen SUV war sie gefühlt Hunderte Male vorbeigelaufen. Sie öffnete den Kofferraum, verstaute ihr Gepäck und stieg ins Auto. Josephine hatte ihr die Adresse des Jäger-Hauptquartiers in New Orleans auf einem weiteren Zettel notiert. Lei tippte die Adresse in das eingebaute Navigationsgerät. Mit der elektronischen Stimme des Navis im Ohr fuhr sie in die Stadt hinein.

13

Anfangs hatte Lei etwas Mühe gehabt, sich mit der Ausschilderung der Bundesstraße zurechtzufinden. Aber gemeinsam mit dem Navigationsgerät fand sie den Weg ins French Quarter.

„Sie haben Ihr Ziel erreicht. Ihr Ziel befindet sich auf der linken Seite", verkündete die elektronische Stimme. Lei warf einen Blick auf das lachsfarbene Haus mit der grünen Tür, über der in großen Neonlettern *Mama Jo's Voodoo* geschrieben stand. Jetzt musste sie nur noch einen geeigneten Parkplatz finden. Was mit einem so riesigen Auto kein leichtes Unterfangen war. Glücklicherweise fuhr in diesem Augenblick ein anderes Auto in derselben Größenordnung weg und hinterließ eine Lücke direkt vor dem Jäger-Hauptquartier.

Sie seufzte erleichtert, als sie endlich aus dem Wagen gestiegen war. Diese riesigen, amerikanischen Wägen waren ihr unheimlich. Vereinzelte Pärchen und kleine Grüppchen an Menschen, die entweder gerade auf dem Weg nach Hause oder zur nächsten Feier waren, taumelten die Dumaine Street entlang. Lei blinzelte ein paarmal, die Erschöpfung und der Jetlag krochen ihr tiefer in die Knochen, aber sie musste Josephine zumindest melden, dass sie angekommen war. Erst danach konnte sie ins Hotel. *Und ins Bett.* Sie hob die Hand und klopfte an die grün gestrichene Tür, von der die Farbe bereits wieder abblätterte. Ein paar Farbpartikel blieben an ihren Knöcheln hängen, und Lei wischte sie hastig an ihrer Hose ab.

14

Eine Gruppe lachender, feiernder Menschen zog kurzfristig ihre Aufmerksamkeit auf sich, verschwand dann jedoch um die nächste Ecke. Als sie sich wieder der Tür zuwandte, wurde diese gerade geöffnet. Dahinter stand eine etwa vierzigjährige Dame mit dunkler, umbrafarbener Haut und schwarzem Haar, das in einen strengen Dutt hochgesteckt worden war. Die Frage, wer Lei denn sei, stand unausgesprochen zwischen den beiden. Sie beeilte sich, sich vorzustellen. Schließlich wollte sie das hier so schnell wie möglich hinter sich bringen.

„Ich bin Xi Lei. Die Jägerin aus Lhasa. Ich bin hier wegen eines Vampirs, und sowohl Josephine als auch der Beamte bei der Passkontrolle sagten, ich soll mich hier melden", plapperte sie drauf los. Sie kramte ihren Ausweis hervor und wollte ihn der Dame in der Tür zeigen, aber diese winkte ab. Ihr strenges Auftreten stand im Kontrast zu dem herzlichen Lächeln, das sie jetzt zeigte.

„Lei! Ich hoffe, du hattest eine halbwegs angenehme Reise. Komm doch rein, ruh dich aus", sagte sie und winkte Lei hinein. Sie folgte der Einladung, wenngleich etwas verwirrt über den plötzlichen Stimmungswechsel. „Ich bin Kristin, mal so nebenbei. Erzähl, was hat der Vampir, den du suchst, denn angestellt? Wahrscheinlich etwas ziemlich Schlimmes, wenn deine Vorgesetzten dich den weiten Weg von China hierherschicken, um ihn zu finden."

15

Lei hörte nur mit halbem Ohr zu, während Kristin brabbelte und sie durch einen bis zum Bersten vollgestopften Verkaufsraum führte. „Jhing hält angeblich nichts von westlichen Geschlechteridentitäten. Deswegen nutzen wir neutrale Pronomen. Auch, wenn mir nicht ganz klar ist, warum wir denen diese Gefälligkeit machen. Dey hat nicht nur eins der höchsten Ko-Existenz-Gesetze gebrochen, indem dey ein Kind verwandelte, sondern infolgedessen ein ganzes Dorf auf dem Gewissen. Vielleicht auch nur die Hälfte, es war schwer abzuschätzen. Der Leichenberg war allerdings sehr eindeutig." Ihr Tonfall blieb ruhig, sachlich. Auch wenn sich in ihrem Innersten alles sträubte bei der Erinnerung an die leblosen, glasigen Augen, die sie stumm um Gerechtigkeit anflehten.

„Klingt nach einem schwierigen Fall, den du da hast. Kein Wunder also, dass deine Vorgesetzten dich hierhergeschickt haben", erwiderte Kristin mit einem anerkennenden Pfiff. Dann öffnete sie eine Tür an der hinteren Wand des Verkaufsraumes. „Komm, hier lang. Du kannst morgen mit Josephine reden. Ich zeige dir erst mal dein Zimmer."

„Ich habe mich selbst geschickt", murmelte Lei und hielt kurz inne. „Eigentlich hatte ich ein Hotelzimmer gebucht. Wenn ich da heute nicht auftauche ... "

„Ach, papperlapapp. Du kannst immer noch morgen ins Hotel gehen, wenn du dich dort wohler fühlst. Aber heute Nacht bleib erst mal hier. Wir Jägerinnen müssen

16

ja schließlich zusammenhalten. In letzter Zeit gab es einfach zu viele Zwischenfälle mit den Wölfen oder Vampiren. Josephine wäre wohler dabei, wenn du deswegen hierbleibst. Ist sicherer." Kristin führte sie einen weiteren Gang voller Türen hinab. Lei antwortete nicht auf ihre Worte, sondern sah sich mit Argusaugen um. Die feinen Haare in ihrem Nacken und an ihren Armen stellten sich auf. Sie überlegte, ob Josephine deshalb wohler dabei war, wenn sie alle Jäger unter einem Dach hatte, weil sie sie dadurch leichter kontrollieren konnte.

Aber mir gefällt das nicht, dachte sie, während sie sich von der fremden Jägerin tiefer in das lachsfarbene Haus mit seinen grünen Türen führen ließ.

KAPITEL 2

Damien Moreau drehte sich langsam in seinem Echtleder-Bürostuhl um die eigene Achse, während in seinen Gedanken immer wieder ein bestimmtes Bild auftauchte: Wie Flor Lozanos Gesicht in der Dunkelheit des Hauseingangs verschwand, bevor Josephine ihm die Tür vor der Nase zumachte. In den letzten beinahe sechs Monaten, seit er sie an Josephine übergeben hatte, war sie *ihm* vielleicht nicht aus dem Kopf gegangen, aber in der Stadt hatte sie niemand gesehen.

Er warf einen flüchtigen Blick auf den Zettel, der oben auf einem Stapel lag. Wieder dieselbe Information, die seine Partnerin im achten Bezirk des New Orleans P.D., das für das French Quarter zuständig war, übermittelt hatte. Keine Sichtungen. Keine seltsamen Vorkommnisse um Josephine Bonnets Voodoo-Laden.

Wenn er sie nicht so gut bezahlen würde, würde Damien glatt vermuten, dass Josephine ihm seine Informantin abgeluchst hatte. Aber wenn sie nichts zu berichten hatte, gab es eigentlich nur zwei mögliche Gründe dafür: entweder, Flor war wirklich von niemandem gesehen worden, oder aber, Josephine hielt sich sehr gut bedeckt. So wie er sie kannte, war es ziemlich sicher Letzteres.

18

Er beugte sich nach vorne, nahm den Zettel und legte ihn auf einen anderen Stapel. Flor war nur eine von vielen Jägern, die er Josephine gebracht hatte. Keine von denen waren je wieder in der Stadt gesehen worden. Und Damien bezweifelte, dass sie New Orleans unbemerkt verlassen hatten. Nicht, solange er Mitarbeiter am Flughafen und in der Stadtpolizei in seiner Tasche hatte. Er war sich sicher, dass die Jäger bereits tot waren. Er wollte nur wissen, warum. Josephine würde ihm das nie geradeheraus sagen. Das hatte sie beim letzten Mal mehr als klargestellt.

Er fuhr sich mit der Hand übers Kinn, während er über seine weiteren Schritte nachdachte. Bevor er sich mit Josephine anlegen konnte, musste er sichergehen, dass sein Clan dabei nicht zu Schaden kam. Wenigstens das schuldete er seinen Vampiren für ihre Treue. Ein verhaltenes Klopfen an der Tür riss ihn aus seinen Grübeleien.

Er hob den Kopf, richtete sich im Sessel auf. „Ja, bitte?"

Die Tür ging auf, und Malone steckte den Kopf durch den Spalt. „Haben Sie 'ne Sekunde, Boss?"

Damien nickte und beobachtete, wie der stämmige Ire in das Büro trat und die Tür sorgfältig hinter sich schloss. „Was gibt's?", fragte er den jüngeren Vampir.

„Sergio hat angerufen. Eine Jägerin ist vor etwa einer Stunde in New Orleans gelandet."

19

Damien hob eine Augenbraue. Neue Jäger in der Stadt waren nichts Neues. Schon gar nicht, wenn sie über den Flughafen einreisten. Warum sollte ihn das kümmern? Wenn die Jägerin auf legalem Weg nach New Orleans gekommen war, wusste Josephine vermutlich davon. Und er brauchte nichts weiter zu tun, als sich zurückzulehnen und zu beobachten. „Hat Sergio sonst noch etwas gesagt?", fragte er sicherheitshalber nach.

„Er meinte, die Jägerin sei aus China. Sie sucht nach einem bestimmten Vampir." Malone schien kurz in Gedanken nach weiterer Information zu graben. „Jhing Yahui? Madame Bonnet müsste mehr wissen."

Damien nickte, lenkte seine Aufmerksamkeit bereits wieder zurück auf seine Papierstapel. Malone rührte sich nicht vom Fleck, erwartete offensichtlich eine Antwort oder irgendeine Reaktion abseits eines Nickens. Ohne aufzusehen, erklärte Damien: „Yahui ist nicht mehr hier. Behaltet die neue Jägerin einfach im Auge. Wenn sie zu viel herumschnüffelt ..." Er ließ den Satz absichtlich unvollendet. Malone wusste, was zu tun war, sollte jemand seine Nase zu tief in ihre Angelegenheiten stecken; Jägerin oder nicht.

Der Ire murmelte ein bestimmtes „Boss" und verschwand dann aus seinem Büro. Damien richtet sich wieder auf und lehnte sich im Bürostuhl zurück. Er verschränkte die Hände ineinander und klopfte zu einer nur ihm bekannten Melodie mit dem Zeigefinger auf seinen Handrücken.

20

„On verra où ça nous mènera", murmelte er vor sich hin, während die Schemen eines Plans Gestalt annahmen. Er war sich nur nicht sicher, ob dieser Plan die Lösung seiner Probleme darstellen oder ob er ihn nur tiefer in die Scheiße reiten würde. Da gab es nur einen Weg, das herauszufinden. Damien stand auf, knöpfte sein Jackett zu und ging zur Bürotür.

Malone wartete wie immer im Flur vor der Tür. Als der Ire ihn sah, richtete er sich kerzengerade auf. Die Sorge stand ihm ins Gesicht geschrieben. Damien hatte vor ihm nicht verheimlichen können, dass Flors Fall ihn etwas mitgenommen hatte oder dass Josephine, als Antwort auf seine nicht gerade subtil ausgesprochene Warnung, ihre Jäger dazu angehalten hatte, etwas gründlicher bei ihren Inspektionen zu sein. Der Ire spürte, dass etwas zwischen Damien und Josephine nicht stimmte. Aber Damien hatte es noch nicht über sich gebracht, ihn vollends einzuweihen. Er wusste, dass er momentan einen schmalen Grat entlangbalancierte. Ein falscher Schritt und alles, was er sich über die Jahrzehnte aufgebaut hatte, würde um ihn herum zusammenfallen wie ein Kartenhaus. *Da fragt man sich doch, wie stabil das eigene Imperium eigentlich ist ...*

„Alles in Ordnung, Boss?", fragte Malone, als Damien noch immer nicht gesagt hatte, was er eigentlich wollte. Der ältere Vampir nickte.

„Hat Sergio Kopien vom Pass und den ganzen Bewilligungen der neuen Jägerin geschickt?"

21

„Natürlich. Soll ich sie Ihnen holen?", hakte Malone nach.

Wieder nickte Damien nur. Das war Antwort genug, und der Ire huschte den Gang hinunter, schneller als Damien es für einen Mann von seiner Statur für möglich gehalten hatte – und das ganz ohne seine Vampirfähigkeiten einzusetzen. Während er darauf wartete, dass Malone zurückkam, verschränkte er die Arme vor der Brust und lehnte sich mit dem Rücken gegen den Türrahmen. Er schloss die Augen und seufzte, als selbst in diesem Moment Flors verängstigtes Gesicht vor seinem inneren Auge auftauchte.

¡No pueden hacer eso! ¡Por favor! ¡Espere! ¡Señor, por favor! Die letzten Worte, die die Mexikanerin ihm entgegengeschleudert hatte, bevor Josephine die Tür geschlossen hatte, hallten in seinem Kopf wider. Wie eine hängen gebliebene Schallplatte. ¡Señor, por favor! Sie hatte ihn um Hilfe angefleht, aber es gab nichts, was er hätte tun können. Der Deal, den er mit Josephine vor dreißig Jahren eingegangen war, kettete ihn an sie. Es sei denn, er fand einen Weg, um sie loszuwerden, ohne seinen Clan in Gefahr zu bringen.

Malone polterte den Gang hinunter, und Damien öffnete seine Augen. Der andere Vampir hielt ihm eine Akte hin, die er zögerlich annahm. „Danke, Malone", murmelte er, stieß sich von der Wand ab und ging zurück in sein Büro. Er legte die Akte auf den Tisch, ließ sich in den Sessel sinken. Eine Weile saß er nur da und starrte die cremefarbene Mappe an, als ob die darin enthaltenen Blätter Papier ihm ihre Geheimnisse anvertrauen würden, wenn er sie nur fest genug anstarrte. Oder die Lösung für sein Problem ihn anspringen würde aus dem Nichts, wenn er nur lang genug in diesem Sessel saß. Er zog die Mundwinkel nach unten und setzte sich wieder aufrechter hin. Er konnte nicht länger untätig rumsitzen und darauf hoffen, dass die Muse ihn küsste. Er musste etwas tun. Und diese chinesische Jägerin könnte der Schlüssel sein.

Wenn sie es denn will ... Er hatte keine Ahnung, was er von dieser Lei erwarten sollte - oder, viel mehr, konnte. Sie war hier, um einen Vampir zu jagen, den er ihr nicht ausliefern konnte. Solange Jhing keine Regeln in seiner Stadt brach, würde er Lei auch nicht dabei helfen, ihren Fall abzuschließen. Was außerhalb seines Territoriums geschah, interessierte ihn nur, wenn es irgendwie doch seinen Bereich betraf. Wie Flor, die sich in Mexiko unter Menschen geschlichen hatte, die nach New Orleans gekommen waren, und die eine potenzielle Gefahr für seine Geschäfte dargestellt hatte. Aber vielleicht konnte er Lei auf anderem Wege auf seine Seite ziehen. Selbst, wenn es ihm widerstrebte, auf die Hilfe einer Jägerin angewiesen zu sein. Er lehnte sich im Sessel vor, klappte die Akte auf und legte die Kopie ihres Passes und Einreiseformulars zur Seite. Damien wusste nicht, wie Sergio es geschafft hatte, an eine Kopie von Leis Missionsprotokoll zu gelangen. Aber was er darin las, gab ihm das Gefühl, dass es leichter werden würde als gedacht, Lei für seine Zwecke einzuspannen.

23

KAPITEL 3

Das Zwitschern der Vögel und die Geräusche von Jägern beim morgendlichen Training begleiteten Lei aus ihrem Traum zurück in die Realität. Sie blinzelte, hob die Hand, um ihre Augen von dem einfallenden Sonnenlicht zu schützen. Sie setzte sich auf, rieb sich den Schlaf aus den Augen und sah sich in dem spärlich eingerichteten Zimmer um. Es war gerade groß genug für ein Bett, einen Schreibtisch und einen Schrank. Sie hatte ihren Mantel an den Haken bei der Tür gehängt. Das Schwert lehnte neben dem Bett, wo sie es vor dem Einschlafen hingestellt hatte. Der Rucksack stand, immer noch gepackt, in einer Ecke zwischen Schrank und Schreibtisch. *Nicht wirklich schlimmer als die Himalajas,* dachte sie und zuckte mit den Schultern. Es war deutlich wärmer, und der Wind pfiff nicht durch irgendwelche Ritzen im Haus. Tatsächlich war es so drückend schwül, dass Lei sich fragte, ob es wirklich erst morgen war oder ob sie nicht mehr vom Tag verschlafen hatte.

Sie stand vom Bett auf, versuchte, den Anschein von Ordnung zu wahren, und machte ihr Bett, bevor sie sich ihrem Rucksack widmete. Die trainierenden Kolleginnen und Kollegen waren indes verstummt. Vermutlich waren sie dabei, sich Frühstück zu beschaffen, oder gingen ihren Aufgaben nach. Leis

24

Magen meldete sich mit lautem Grummeln zu Wort, und sie musste ein Grinsen unterdrücken, als sie an ihre Ausbildungszeit zurückdachte. Einer ihrer Mitschüler hatte immer lachend kommentiert, dass man eine Uhr nach Leis Magen hätte stellen können und immer pünktlich zum Essen kommen würde. Sie hatte sich nie dafür geschämt. Menschen brauchten Nahrung zum Überleben. Warum sollte sie also verletzt oder beschämt sein, wenn ihr Körper ihr mitteilte, was er benötigte? Sie hatte das Privileg, nicht hungern zu müssen. Ganz im Gegensatz zu weiten Teilen der Weltbevölkerung. Obwohl eigentlich genug Ressourcen verfügbar wären, um die ganze Welt zu ernähren, wenn sie nur richtig verteilt wurden. Lei schüttelte den Kopf über die zeitweilige Boshaftigkeit der Menschheit. Wozu mussten sie Vampire oder Werwölfe jagen, wenn sich ihre eigene Spezies genauso gut selbst zu Grunde richten konnte?

„Es ist zu früh für diesen Scheiß", murmelte sie, fuhr sich mit der flachen Hand über das Gesicht und suchte dann ihre Kleidung für den Tag aus den wasserdichten Beutelchen in ihrem Rucksack, in die sie ihr Zeug gepackt hatte.

Mit nun schon aufdringlicher grummelndem Magen verließ Lei ihr Zimmer und warf einmal einen Blick in beide Richtungen des Gangs vor ihrer Tür. Keine Spur von Kristin oder irgendeinem anderen Jäger. Sie hob eine Augenbraue. *Sieht so aus, als wären gerade*

25

wirklich alle beim Essen. Sehr zu ihrem Leidwesen, denn sie hätte Kristins Tourguide-Fähigkeiten jetzt gut gebrauchen können. Die andere Jägerin hatte es nämlich in der Nacht davor verabsäumt, ihr zu sagen, wo sich der Speisesaal befand – vorausgesetzt, die Jäger von New Orleans aßen immer gemeinsam und gingen zu den einzelnen Mahlzeiten nicht ihrer eigenen Wege.

Lei entschied sich, nach rechts abzubiegen und dem Korridor zu folgen. Dieser führte sie an einer Reihe von Türen vorbei, von denen sie annahm, dass sie in weitere Schlafzimmer führten. Zumindest sahen diese Türen genauso aus wie ihre eigene.

Sie kam vom Schatten des Ganges aus in einen Innenhof, wo sie Trainingspuppen und Fitnessgeräte vorfand. Das war also der allgemeine Trainingsplatz, zumindest von diesem Stützpunkt. Sie konnte sich vorstellen, dass einige der Jäger es ähnlich hielten wie sie und ihre Kameraden in China, und einfach ins Fitnessstudio gingen, wenn sie keine spezifischen Übungen machen mussten, wie etwa einer gepolsterten Holzpuppe einen Stahlpflock ins Herz zu treiben. Kein Betreiber eines Fitnessstudios würde sich darüber freuen, wenn ein Teil der Kundschaft die hauseigenen Boxsäcke mit mitgebrachten Waffen pfählte. Auch wenn jeder wusste, wie Jäger Vampire töteten. Dabei zusehen wollten bestimmt die Wenigsten.

Während Lei grübelnd im Innenhof von Josephines Haus stand, landete eine Taube auf dem Kopf einer der Holzpuppen. Der Vogel gurrte in die Stille, als plötzlich

26

etwas an Lei vorbeizischte und sich in die Brust der Taube bohrte. Lei blinzelte, beobachtete, wie der zuckende Vogelkörper vom Kopf der Puppe rutschte und auf den Boden plumpste.

„Stellen zwar keine lebensbedrohliche Gefahr dar, die kleinen Biester. Aber sie scheißen alles voll", erklärte Kristin in einem so unberührten Tonfall, dass Lei ein eiskalter Schauer den Rücken runterlief. Sie drehte sich um und sah die andere Jägerin einfach nur entgeistert an. Wer, bei den Göttern, tötete zum Spaß Tauben mit Wurfmessern und blieb dabei völlig ungerührt? *Kristin offensichtlich*, dachte Lei. Gestern noch war sie ein quirliges Plappermaul gewesen, und Lei hätte sie fast nicht dazu gebracht, mal still zu sein. Das hier war eine völlig neue Seite an der, zugegeben noch sehr fremden, Jägerin. Aber tief in ihrem Innern musste Lei auch zugeben, dass sie es irgendwie anziehend fand. Wie Kristin da in ihrer mitternachtsblauen Uniform stand und ein weiteres Messer zwischen ihren Fingern wirbeln ließ. Ihre Haare waren zu einem strengen Dutt gesteckt, ihre ganze Haltung sah wieder so bedrohlich aus wie gestern, als sie Lei die Tür geöffnet hatte.

Leis Magen durchbrach lautstark die Stille und beendete das Blickduell zwischen den beiden. Sie blinzelte, sah kurz von Kristin weg und beobachtete dann, wie die Ältere zu der toten Taube ging und ihr Messer wieder aufhob.

„Dem Geräusch nach zu urteilen, hast du Hunger, oder?", fragte Kristin. Dann breitete sich ein freudiges

27

Grinsen auf ihrem Gesicht aus, wie das Sonnenlicht auf Meereswellen, und ließ sie strahlen. „Komm mit. Ich zeig dir, wo die Küche ist." Sie packte Lei an der Hand und schleifte sie mit. Neben Kristins dunkler Haut wurde Lei nur noch mehr bewusst, wie sehr sie mit ihrem hellbeigen Teint hervorstach. Zu Hause wurde sie dafür beneidet, dass sie trotz ihrer Arbeit, die sie immer wieder auch nach draußen führte, dennoch so blass blieb. Dass sie meistens nachts arbeitete, ignorierten dabei alle. Lei kam nicht umhin, sich zu fragen, ob sie auf andere Leute genauso wirkte wie Kristin noch vor einem Augenblick. Kalt und herzlos, wenn es ums Töten ging. Einer ihrer Kollegen würde sie vermutlich als genauso quirlig und quasselnd wie Kristin bezeichnen, dabei redete Lei einfach nur gern mit ihm.

„Da sind wir!", verkündete Kristin, als sie in der Küche ankamen. Sie ließ Leis Hand los und trat zum Kühlschrank, während Lei sich einfach nur wünschte, wieder Kristins Hand halten zu können. Sie wusste zwar noch nicht, ob sie der anderen Jägerin trauen konnte, aber sie mochte das Gefühl, wie sich die Finger der anderen um ihre eigenen schlossen.

„In diesem Kühlschrank kannst du dir eigentlich alles nehmen, was du brauchst. Außer es steht ein Name drauf. Dann lass besser die Finger davon", erklärte Kristin, tätschelte einmal die glänzende Stahltür und ging dann weiter. Sie zeigte Lei, wo das westliche

Besteck, Teller und Gläser waren. Es gab sogar eine Schublade voll mit Essstäbchen. „Wir bekommen doch viel Besuch aus Südostasien. Besonders in der letzten Zeit. Was ist momentan eigentlich los bei euch?"

Lei zuckte mit den Schultern. „Nicht viel, wenn man von Protesten und rùshì sōuchá absieht."

„Rùshì sōuchá?", hakte Kristin nach.

„Oh, sorry. Ähm ... Ich glaube, das heißt Razzia bei euch? Weißt schon, eine unangekündigte Hausdurchsuchung. Rùshì sōuchá", erklärte Lei. Kristin nickte, Verständnis blitzte in ihren Augen auf.

„Also, in etwa so wie hier ...", murmelte sie. Innerlich trat Lei sich in den Hintern. Offensichtlich hatte sie gerade die Stimmung ruiniert, obwohl Kristin zuerst gefragt hatte. Die ältere Jägerin stand einen Moment lang reglos in der Küche und hing ihren Gedanken nach, während Lei sie stumm beobachtete. Dann kehrte das Leben in ihren Körper zurück. „Sorry, du wolltest ja was essen. Wie wäre es mit Apfel-Pancakes?"

„Klingt gut."

„Das ist nämlich so ziemlich das Einzige, was ich ordentlich kochen kann", scherzte Kristin, und Lei lachte leise.

„Zwischen all den Missionen und dem Training bleibt nicht viel Zeit für Kochkurse", erwiderte sie. Kristin nickte nur und machte sich dann daran, die Zutaten für die Pancakes zusammenzusuchen.

Während Lei zusah, wie Kristin Frühstück machte, redeten die zwei weiter. Tauschten Geschichten von Missionen und verglichen Lebensrealitäten. Sie kamen zu dem Schluss, dass sie doch viel gemeinsam hatten, selbst wenn sie sonst ein ganzer Ozean und ein guter Teil des asiatischen Kontinents voneinander trennten.

„Wo ist eigentlich Josephine?", fragte Lei schließlich, zwischen zwei Gabeln von fluffigen, herrlich nach Apfel schmeckenden Pancakes. Sie hatte Kristin gesagt, dass sie durchaus wusste, wie man mit Messer und Gabel aß, sie aber noch etwas Übung darin vertragen konnte.

Kristin nahm sich ebenfalls eine Gabel und ein Messer und stahl sich einen Bissen von Leis Pancake-Turm, was diese mit einem überraschten „Hey!" quittierte. Während sie kaute, zuckte Kristin mit den Schultern. „Sie ist vermutlich irgendwo hier im Haus. Vielleicht auch im Laden vorne. Ich glaube nicht, dass sie heute irgendwelche großen Besprechungen außerhalb hat. Wieso fragst du?"

„Ich wollte nur noch einmal die Details meiner Mission mit ihr besprechen. Um einen Anhaltspunkt zu finden, wo ich hier in der Stadt am besten mit meiner Suche anfange", erwiderte Lei.

„Hm." Kristin tippte sich nachdenklich mit dem Ende der Gabel ans Kinn. „Dann fängst du wohl am besten bei Damien Moreau an. Er regiert den

30

städtischen Vampirclan und weiß wahrscheinlich, wo sich deiner aufhält."

Lei hob eine Augenbraue. „Du meinst den Teufel von New Orleans? *Den* Moreau?" Sie hatte so manche Geschichte über diesen Vampir gehört. Auch, dass er bei Leuten, die ihn verrieten - oder vermutlich sonst wie schief ansahen - gerne mal zu recht blutigen Strafmethoden griff. Nicht, dass sie wirklich Angst vor solch einem Vampir hatte, aber in manchen Fällen war Vorsicht besser als Nachsicht.

Kristin fing bei Leis Gesichtsausdruck an zu lachen. Sie legte beschwichtigend eine Hand auf ihren Arm. „Keine Sorge, Monsieur Moreau hält sich normalerweise von uns Jägern fern."

„Ich hoffe, du hast recht", murmelte Lei und widmete sich wieder ihren Pancakes. Sie hatte kein gutes Gefühl dabei, einen Vampir um Hilfe zu fragen. Aber sie musste ihren Blutsauger finden. Und wenn Moreau wusste, wo Jhing sich aufhielt, dann musste sie ihn aufsuchen und mit ihm sprechen.

KAPITEL 4

Der Jäger japste erschrocken nach Luft, als Damien ihn an der Kehle packte und mit dem Rücken gegen die Ziegelsteinmauer presste. „I-ich schwöre, ich hab keine Ahnung, von wem Sie reden. Wirklich nicht!", brachte der Mann zitternd hervor.

Damien knurrte als Antwort und schloss die Hand enger um seinen Hals. Seine Fingernägel hatten sich in Klauen verwandelt, und er war kurz davor, die Haut zu durchbrechen und dem Jäger vor ihm die Kehle herauszureißen. „Ich wiederhole mich ein letztes Mal. Flor Lozano. Wo ist sie? Ich weiß, dass ihr sie habt und dass sie seit Wochen nicht mehr gesehen wurde."

„Ich weiß es nicht!", krächzte der daraufhin.

„C'est des conneries! Lüge mich nicht an. Was hat Josephine mit ihr gemacht?" Damien knurrte und packte fester zu. Der Mann zerrte an der Hand, die sich enger um seine Kehle schloss. Dann gurgelte er, als Damiens Klauen die Haut endlich durchbrachen und sich in sein Fleisch bohrten. Damien hatte ihm eine einfache Frage gestellt. Wenn er ihm diese nicht beantworten konnte, hatte er keine weitere Verwendung für ihn. Und Damien konnte nicht riskieren, dass er zu Josephine lief und ihr verriet, was er getan hatte. Mit einem Ruck riss er an der Kehle des

32

Menschen, und das Blut spritzte ihm warm ins Gesicht. Er ließ von dem Menschen ab, der noch einige Sekunden auf dem Boden weiterröchelte, bevor er verstummte.

Damien drehte sich zu Malone um, der ihn nur mit einer hochgezogenen Augenbraue ansah. „Kein Wort von dem hier zu irgendwem. Schaff ihn weg." Er zog ein Taschentuch aus der Brusttasche seines Anzugs und wischte sich daran die Hände und das Gesicht ab, während er zurück zu seinem Wagen ging. Das war der erste Jäger, den er seit seinem Abkommen mit Josephine getötet hatte. Und es war ihm scheißegal. Er wollte Flor finden. Wenn die Jäger nicht reden wollten, weil sie dachten, Josephine hätte ihn unter ihrer Fuchtel ... Dann musste er ihnen zeigen, dass er sich von niemandem an die Leine nehmen ließ. Schon gar nicht von Josephine Bonnet. Er hatte genug davon, dass sie ihm ständig mit ihren Forderungen auf der Nase herumtanzte und jedes Mal, wenn er versuchte, sich dagegen zu wehren, mit der Vernichtung seines Clans drohte. Es reichte ihm. Flor war nur der Tropfen, der das Fass zum Überlaufen gebracht hatte.

„Wohin, Sir?", fragte Michael, sein Fahrer, nachdem Damien eingestiegen war.

Er verstaute das blutige Taschentuch, fein säuberlich gefaltet, in der Tasche seines Jacketts. „Zurück nach Hause, damit ich mich umziehen kann. Und danach in die Dumaine Street. Aber parken Sie bitte nicht direkt vor *Mama Jo's Voodoo*." Michael nickte und fuhr los,

33

während Damiens Gedanken um Flor und den jetzt toten Jäger kreisten. Zwar hatte er darauf geachtet, dass es keine Zeugen gab – außer Malone und Michael –, aber Josephine hatte ihre Augen und Ohren überall in der Stadt, genau wie er. Es war nur eine Frage der Zeit, bis sie von seiner Tat erfuhr. Wenn sie sie überhaupt zu ihm zurückverfolgen konnte.

Nachdem er sich in seinem Penthouse schnell ein frisches Hemd und ein neues Jackett angezogen hatte, ließ er sich von Michael zurück ins French Quarter fahren und in einer Nebenstraße, nicht unweit vom Jäger-Hauptquartier, absetzen.

„Sir, bitte seien Sie vorsichtig", murmelte Michael, während Damien ausstieg. Er beugte sich zurück in den Wagen, setzte ein Lächeln auf und erwiderte:

„Bin ich doch immer, Michael. Bin ich doch immer."

Er richtete sich auf und sah sich um. Die Sonne kribbelte dort, wo sie seine nackte Haut traf. Und er konnte sich denken, dass sein Gesicht und seine Hände inzwischen den Anschein gaben, er wäre am Strand in der Mittagssonne eingeschlafen. Damien machte sich eine mentale Notiz, sich zu erkundigen, ob seine Spender, Marguerite oder Domhnall, diesen Abend Zeit für ihn hatten. Für nächsten Abend war eine Soiree für den Bürgermeister und die Stadträte angesetzt. Spätestens morgen früh musste er also etwas Blut in die Finger kriegen, damit er nicht rot wie eine überreife

Tomate bei seinem eigenen Event auftauchte. Und wenn die beiden keine Zeit hatten, musste er auf eine der Blutkonserven zurückgreifen. Er schauderte bei dem Gedanken an den schalen Nachgeschmack, der sich bei Blutkonserven immer auf seine Zunge legte.

Während seine Gedanken um seine nächste Mahlzeit und die Soiree kreisten, betrat er die Dumaine Street. Von hier aus konnte er die lachsfarbene Fassade, die grünen Fensterläden und die grüne Tür des Jäger-Hauptquartiers sehen und hatte vor allem den Eingangsbereich im Blick. Im Hinterkopf flüsterte eine gehässige Stimme, dass ein neuer Anstrich in Form von Josephines Blut dem Haus durchaus etwas mehr Ästhetik verleihen konnte. Aber er zügelte sich. So gern er bereits jetzt seine Rache an ihr geübt hätte, die Zeit war noch nicht reif dafür. Er wollte ihr ganzes Netzwerk um sie herum zusammenfallen sehen. Dafür brauchte er allerdings Informationen. Und eventuell etwas Hilfe, die gerade in Form von Xi Lei das Hauptquartier verließ.

Sie schien unschlüssig, ob sie den SUV, vor dem sie stand, nehmen sollte. Schlussendlich entschied sie sich aber, zu Fuß zu gehen, was Damien mit grimmiger Genugtuung registrierte. Er folgte ihr so unauffällig wie möglich, wie sie die Dumaine Street in Richtung des Mississippis nach Südosten verließ.

Lei lief noch einige Minuten weiter, Damien mit genügend Abstand hinter ihr, als sie in die nächste Seitengasse einbog. Er konnte hören, wie ihr Herz schneller schlug. Offensichtlich war er nicht so vorsichtig gewesen wie gedacht. Dennoch ging er weiter, zu der Öffnung der schmalen Seitengasse. Ihre Hand schnellte nach seinem Arm, zerrte ihn in den Schatten, was er mit einem leichten Seufzer begrüßte. Er ließ zu, dass Lei ihn gegen die Backsteinwand drückte. Sie presste ihren Unterarm und die Klinge eines kleinen Dolches gegen seine Kehle.

„Nín shì shéi? Warum folgen Sie mir?", zischte sie. Damien hob beschwichtigend die Hände.

„Ganz ruhig. Ich bin niemand, der Ihnen was Böses will. Ich will nur einen kleinen Gefallen von Ihnen."

Er beobachtete, wie Lei einen Schritt zurücktrat und ihn von Kopf bis Fuß musterte.

„Maßgeschneiderter Anzug, arrogant oder dumm genug, zu glauben, ich würde nicht mitbekommen, dass Sie mich verfolgen ... Sind Sie zufällig Monsieur Moreau?" Sie stolperte über das *Monsieur* und die französische Aussprache seines Nachnamens. Ein Grinsen breitete sich auf seinem Gesicht aus. Offensichtlich hatte Josephine die chinesische Jägerin vor ihm gewarnt. *Sie ist gründlich. Das muss man ihr lassen.*

Schließlich nickte er. „Ich sehe, Sie haben bereits von mir gehört." Lei ließ vorsichtig von ihm ab und brachte einen Sicherheitsabstand zwischen sich und Damien. Er zog amüsiert eine Augenbraue hoch. Galt der Abstand ihrer eigenen Sicherheit oder seiner? Was genau hatte Josephine ihr über ihn erzählt? Er konnte sich den Großteil denken, aber die Einzelheiten wären sicher spannend zu erfahren. Damien verschränkte die Arme vor der Brust.

„Was wollen Sie von mir?“, hakte Lei erneut nach und imitierte seine Haltung – mit dem Rücken gegen die Mauer gelehnt, Arme vor der Brust gekreuzt, Skepsis im steinharten Blick.

„Wie gesagt: Ich brauche einen Gefallen von Ihnen, aber natürlich nicht ohne Gegenleistung. Ich kann Ihnen Informationen über Jhing Yahui geben.“ In Leis Gesicht blitzte Verstehen auf, bevor sie ihre Mimik wieder unter Kontrolle hatte. „Ich sehe, Sie wissen, von wem ich rede.“

„Wo ist Jhing?“, fragte sie. In ihrer Stimme schwebte ein drohender Unterton mit. Sie hatte offensichtlich ein persönliches Huhn mit dem Vampir zu rupfen. *Kein Wunder, wenn sie denen aus Tibet hierher gefolgt ist.*

„Wenn ich Ihnen das sage, schulden Sie mir einen Gefallen“, warnte Damien, ein selbstzufriedenes Grinsen hob seine Mundwinkel.

Lei verdrehte die Augen und seufzte. „Der einzige Gefallen, den ich Ihnen tue, ist, Ihnen gerade kein Messer in die Brust zu rammen.“ Sie grummelte.

Damien schnaubte belustigt. Die Jägerin würde also ein schwierigerer Fall werden, als er bisher

37

angenommen hatte. „Gut, dann wollen Sie wohl nicht wissen, wo Jhing sich gerade aufhält. Nicht mein Problem."

„Als ob Sie mir aus der Güte Ihres Herzens helfen wollen! Sie sind nur hier, weil Sie etwas von mir benötigen. Das haben Sie ja selbst bereits gesagt." Lei trat wieder auf ihn zu, stellte sich so nah vor ihn, dass er die Wärme ihres Körpers spüren konnte. „Die anderen Jäger in dieser Stadt mögen vielleicht bestechlich sein. Aber ich bin es nicht. Also raus mit der Sprache: Wo ist Jhing?"

Damien stieß sich von der Wand ab, nötigte Lei damit dazu, einen Schritt zurückzumachen. Er wandte sich von ihr ab und ging zurück zur Straße. Über die Schulter hinweg rief er ihr zu: „Keine Ahnung. Ich weiß nur, dass dey nicht mehr in der Stadt ist." Er schlug die Hand vor den Mund. „Ups. Jetzt schulden Sie mir doch einen Gefallen. Wir sehen uns wieder, Xi Lei."

Mit diesen Worten trat er hinaus ins Sonnenlicht und ließ die sicherlich vor Wut schäumende Jägerin in den Schatten zurück. Sie würde schon zu ihm kommen, wenn sie mehr wissen wollte. Und dann würde er seinen Gefallen einfordern.

38

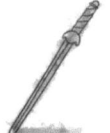 

KAPITEL 5

Lei spielte ihre erste Begegnung mit Moreau wieder und wieder in ihrem Kopf ab, wie die Wiederholung einer alten Folge einer schlechten Serie um Mitternacht. „Schlecht" war auch irgendwie das Einzige, was ihr dazu einfiel. Auch wenn der Vampirkönig, vor dem Kristin sie gewarnt hatte, nicht nach dem teuflischen Monster ausgesehen hatte, das sie aus den Geschichten kannte. Aber selbst eine gut gepflegte Fassade konnte ein faulendes Fundament verbergen. Er hatte ihr gesagt, dass Jhing nicht mehr in New Orleans war - etwas, mit dem sie bereits wohl oder übel gerechnet hatte. Womit sie nicht gerechnet hatte, war die Tatsache, dass Moreau nun davon ausging, dass sie ihm einen Gefallen schuldete. Nur, weil er den Mund aufgemacht hatte.

Lei ging in ihrem kleinen Zimmer auf und ab. Sie wurde das Gefühl nicht los, dass er ihr ohnehin gesagt hätte, was sie hören wollte. *Er will etwas von mir.* Nein, Moreau *brauchte* etwas von ihr. Ansonsten hätte er auch nicht auf diesen wie auch immer gearteten Gefallen bestanden. Sie kratzte sich gedankenverloren am Kinn, als plötzlich ein Klopfen an der Tür ertönte.

Sie drehte sich zur Tür und rief: „Herein!" Die Tür war ohnehin offen. Sie hatte keinen Schlüssel entdeckt.

39

Fehlende Privatsphäre war allerdings nichts Neues für sie. Die bekam sie in Lhasa auch nicht wirklich. Vor allem, weil ihr ihr Vorgesetzter Zhao ohnehin immer im Nacken saß.

Kristin öffnete nach einer gefühlten Ewigkeit die Tür. Lei zog die Augenbraue hoch, als sie die andere Jägerin sah. Kristin hatte die mitternachtsblaue Uniform gegen ein ebenso dunkles, eng anliegendes Kleid getauscht. Lei bemerkte verlegen, dass auch das Dekolleté tiefer ausgeschnitten war, als sie es von der anderen Frau erwartet hätte.

„Hey. Heute Abend steigt eine Soiree in Moreaus Penthouse. Eigentlich nur für den Bürgermeister und die ranghöheren Tiere der Stadt. Aber Josephine meinte, etwas Jäger-Präsenz würde dem Ganzen vielleicht guttun. Kommst du mit?", plapperte Kristin drauf los.

„Ähm ..." Lei blinzelte etwas verwirrt. Sie wusste nicht so recht, was sie darauf antworten sollte. Was erhoffte Kristin sich von der Einladung? Andererseits wäre es auch eine Chance, Moreau etwas auf den Zahn zu fühlen. Denn so ganz glaubte sie ihm nicht, dass er nichts Genaueres über Jhings Aufenthaltsort wusste. *Was mich wieder zurück zu seinem angeblichen Gefallen bringt ...*

„Komm schon. Du kannst auch einfach in Uniform auftauchen. Wäre vielleicht sogar noch besser. Damit wir dem alten Teufelchen zeigen, wie der Hase wirklich läuft." Kristin grinste sie aufmunternd an.

„Na gut." Sie schielte auf ihr Schwert, das am Haken neben der Tür hing. Kristin folgte ihrem Blick. „Meinst du, ich kann mein Jiàn mitnehmen?"

„Sorry." Kristin schüttelte den Kopf. „Josephine meinte, nur Schusswaffen oder kleinere Messer und Dolche, die leicht zu verstecken sind."

Lei ließ die Schultern etwas hängen. Aber sie war auch irgendwie froh um Josephines Anweisungen. So sehr sie ihr Jiàn liebte, mit ihm würde sie aus der Menge herausstechen. Das wollte sie um jeden Preis vermeiden. Wenn sie Moreaus Worten auf den Grund gehen wollte, musste sie so unauffällig wie möglich sein. Obwohl sie wahrscheinlich ohnehin aus der Reihe fallen würde. Zumindest, wenn sie sich Kristins Aufzug genauer ansah.

Die andere Jägerin trommelte ungeduldig mit den Fingern gegen die Tür. „Was ist jetzt? Kommst du oder nicht?" Sie war schon wieder halb zur Tür hinaus, bevor Lei auch nur über eine Antwort nachdenken konnte.

Lei schüttelte den Kopf über Kristins Ungeduld und folgte ihr dann.

Bei der Fahrt über den Mississippi in das gehobenere Viertel Algiers plapperte Kristin unaufhörlich von den

41

Menschen, die bei der Soiree zugegen sein würden. Der Bürgermeister, alle Stadträte, die Polizeichefin ... Selbst die religiösen Vorstände der Stadt würden dort sein. Nur Josephine hatte sich entschuldigt, wobei, nein, das stimmte nicht: Die Jäger waren gar nicht erst eingeladen worden. Etwas, was Josephine - laut Kristin - als Affront ansah. Vielleicht auch als persönlichen Angriff.

„Aber eigentlich machen weder Josephine noch Moreau ein Geheimnis daraus, dass sie seit Jahrzehnten einen Deal miteinander haben", erklärte Kristin.

Lei runzelte die Stirn und sah sie an. „Was für einen Deal?"

„Das weiß keiner so genau." Kristin zuckte mit den Schultern, und Lei fand, dass das vermutlich für beide Seiten besser war. „Alles, was wir wissen, ist, dass Josephine seit knapp drei Jahrzehnten Jägerkoordinatorin ist. Und dass Moreau währenddessen relativ ungestört sein Geschäft betreiben konnte."

„Was genau macht der Typ eigentlich? Josephine hatte erwähnt, dass er mehrere Clubs in der Stadt betreibt. Und eine Stiftung leitet. Aber daran ist doch eigentlich nichts Verwerfliches?", hakte Lei genauer nach. Sie war ehrlich neugierig. Für einen Vampir, der den Ruf des skrupellosen Teufels der Stadt innehatte, klang es für Lei bis jetzt so, als würde er eben gerne Partys schmeißen, sich bei Stadtbeamten einschleimen - sie

42

vielleicht sogar bestechen, was wiederum etwas verwerflicher war. Aber es war nicht an Lei, den ersten Stein zu werfen. Immerhin hatte sie selbst keine reine Weste.

„Tja. Da wäre einerseits die Tatsache, dass er seine Nachtclubs primär für seinesgleichen betreibt. Dann, dass er seine Angestellten teilweise schon fast als Lebendspender an seine Besucher verschachert", Kristin lehnte sich etwas näher an Lei heran, während sie aufzählte, „und die Tatsache, dass er Menschen aus Mittel- und Südamerika ins Land schmuggelt."

Lei sah sie mit großen Augen an. Und Josephine unternahm nichts dagegen? „Ihr ... lasst das einfach so zu?" Waren die Jäger nicht dafür verantwortlich, für Recht und Ordnung zwischen den Menschen und den paranormalen Spezies zu sorgen, wenn die Polizei es nicht mehr konnte?

Kristin zuckte mit den Schultern. „Wie gesagt, er und Josephine haben einen Deal. Offensichtlich beinhaltet das auch, wegzusehen, wenn es um die verachtenswerteren Machenschaften des Geschäftspartners geht. Aber was weiß ich ..."

Die beiden verbrachten den Rest der Reise in Schweigen. Lei wunderte sich, dass die Fahrt länger dauerte. Sofern sie Google Maps vertrauen konnte, befand sich der Gebäudekomplex mit Moreaus Penthouse beinahe direkt am Flussufer, mit Blick über den Mississippi auf das French Quarter. Aber als sie danach fragte, meinte Kristin nur, dass sie wegen einer Baustelle einen Umweg fahren mussten. Als sie endlich bei dem Hochhaus ankamen, musste Lei ihren Kopf weit in den Nacken legen, um das obere Ende nur erahnen zu können.

„Wie läuft 's eigentlich mit der Suche nach deinem Vampir?", fragte Kristin, als sie in den Lift stiegen und sie den Knopf für den obersten Stock drückte.

Nun war es an Lei, mit den Achseln zu zucken. Sie war sich immer noch nicht sicher, ob sie Kristin wirklich trauen konnte. Wie viel konnte sie der anderen Jägerin also erzählen? „Noch nicht viel weiter als vor ein paar Tagen." Sie versuchte, zurückhaltend zu klingen und Kristin gleichzeitig nicht dazu zu veranlassen, weiter zu bohren.

„Hm. Na ja, immerhin hast du jetzt dann die Chance, vielleicht noch etwas aus Moreau rauszukriegen. Selbst wenn dein Vampir nicht zu seinem Clan gehört, müsste er wissen, wo er sich aufhält", erwiderte Kristin.

Lei merkte, dass die andere Jägerin ihre Zurückhaltung spiegelte. Entweder respektierte sie, dass Lei nicht mit ihr darüber reden wollte, oder sie war eingeschnappt, *weil* Lei ihr nicht jedes Detail über ihren Fall anvertrauen wollte. Zum Beispiel, dass sie Moreau bereits getroffen hatte.

Als sich die Aufzugtüren öffneten, wünschte Lei sich sofort, dass es auch einen anderen Eingang gäbe. Die Blicke von etwa zwei Dutzend Gästen richteten sich auf

44

sie und ihre Begleitung. Kristin hob allerdings gleich beschwichtigend die Hände.

„Schenken Sie uns keine Beachtung. Wir sind nur als Gäste hier. Genießen Sie den Abend." Sie nahm Lei am Arm und führte sie in eine Ecke, von der aus sie die anwesenden Gäste und die Umgebung etwas genauer unter die Lupe nehmen konnten. Soweit Lei an den mit Champagner oder Sekt gefüllten Gläsern erkannte, war der Großteil der Leute menschlich. Hier und dort sah sie vereinzelte Vampire und machte sich mental eine Notiz, sich vor diesen besonders in Acht zu nehmen.

„Okay, ich mische mich mal etwas unter die Gäste. Viel Erfolg bei deiner Suche", erklärte Kristin und war sogleich in der Menge verschwunden.

Lei sah ihr nachdenklich nach. Sie wünschte sich, dass Kristin doch an ihrer Seite geblieben wäre. Immerhin kannte sie hier niemanden. Sie warf einen Blick auf die Treppe, die in den oberen Stock des Penthouse führte. Die Soiree schien sich auf das untere Level zu beschränken. Und noch hatte sie Moreau nicht entdeckt. In den wenigen Minuten, die sie mit Moreau verbracht hatte, hatte sie den Eindruck gewonnen, dass er ein Mann war, der selten ein Nein zu hören bekam – außer es kam von Josephine. Und offensichtlich ging ihm mit Josephine langsam die Geduld aus. *Obwohl er auch etwas verzweifelt gewirkt hat*. Vermutlich hatte es mit diesem Gefallen zu tun, den er ihr angedreht hatte. Aber dennoch, glaubte sie ihm nicht, dass Jhing nicht mehr in der Stadt war. Selbst wenn, Kristin hatte recht:

45

Moreau musste wissen, wohin Jhing gegangen war. Ob er es ihr sagte, lag an ihm. Aber sie würde nicht darauf warten, bis der Vampirkönig mit der Information herausrückte.

Langsam setzte sie sich mit betont lässigem Schritt in Richtung der Treppe in Bewegung. Moreaus Büro wäre vermutlich nicht auf dieser Ebene, wenn er seine Gäste hier unterhielt. Also schlängelte sie sich an Gästen vorbei, wich einem Kellner mit einem Tablett voll Champagnerflöten aus und huschte die Treppe nach oben. Sie vergewisserte sich, dass niemand sie beobachtete. Aber es schienen alle zu beschäftigt mit sich selbst oder ihren Gesprächspartnern zu sein. Zumindest hoffte sie das.

Sie bemühte sich, so leise wie möglich zu sein, während sie den Gang entlangschlich, auch wenn ein Vampir sie hier oben trotzdem hören würde. Sie hoffte einfach, dass die Geräusche der Soiree ihre vorsichtigen Schritte übertönten. Die erste Tür, in die sie einen Blick wagte, erwies sich als Fehlgriff. Dahinter lag nur ein Schlafzimmer mit Doppelbett und teurer Wäsche. Hinter der nächsten fand sie auch nichts Spannendes vor. Aber bei Tür drei, am Ende des Ganges, wurde sie fündig. Lei konnte ein Grinsen nicht unterdrücken, sah sich noch einmal schnell um, ob sie auch wirklich allein war, und verschwand dann in das Büro. Ein schwerer Schreibtisch dominierte den Raum vor einer Fensterfront mit Satinvorhängen. Lei schenkte den Bücherregalen an den Wänden keine Beachtung, sondern ging zielstrebig auf den Tisch zu.

46

Den Laptop, der darauf stand, ließ sie ebenfalls links liegen. Sie vermutete nicht, dass Moreau auf dem Gerät Unterlagen zu Vampiren führte, die er eventuell aus der Stadt geschmuggelt hatte. *Wenn* er Jhing überhaupt geholfen hatte.

Lei schüttelte ihren Kopf über den Stapel an Papierkram neben dem Laptop. Moreau verfügte über das neueste Modell eines solchen Gerätes und verschwendete trotzdem Papier für jede Kleinigkeit. Sie zog eine ihrer Augenbrauen in die Höhe, als ihr eigenes Gesicht ihr von einem Foto entgegenstarrte. Der Bastard führte eine ganze Akte über sie und hatte von ihrem Einreiseformular über einen Scan ihres Passes auch noch die Details zu ihrer Mission – alles, auch ihren Bericht vom Dorf in den Himalajas. Woher hatte er das? Aber immerhin hatte sie jetzt eine Erklärung, warum er nicht überrascht war, dass sie in der Stadt war. Er war ihr also doch gefolgt.

Sie schauderte, und Gänsehaut breitete sich über ihren Armen aus, als sie daran dachte, dass sie sich in dem Moment nicht wie eine Jägerin gefühlt hatte, sondern mehr wie die ahnungslose Beute eines Raubtieres. Im Endeffekt war sie das auch. Er hatte die Ungleichheit ihrer Wissensstände ausgenutzt und sie in diese Situation gedrängt.

„Húndàn", zischte sie und riss den Kopf hoch, als von der Tür ein amüsiertes Kichern kam. Der Scheißkerl namens Damien Moreau lehnte mit vor der Brust

47

verschränkten Armen lässig im Türrahmen. Er grinste und zeigte absichtlich seine Fangzähne.

„Ich spreche zwar kein Chinesisch, aber ich kann mir denken, über was Sie sich so aufregen", spottete er. Er stieß sich vom Türrahmen ab und schlenderte betont langsam weiter in den Raum hinein. Seine sonst dunklen Augen leuchteten golden im Halbdunkel. „Wissen Sie nicht, dass es unhöflich ist, in den Angelegenheiten anderer Leute herumzuschnüffeln?"

Lei zückte einen der Dolche und hielt die Waffe schützend vor sich. „Wissen Sie nicht, dass es unhöflich ist, Leuten nachzuspionieren und Akten über sie zu führen?" Ihre Worte waren kaum mehr als ein Knurren.

 # KAPITEL 6

Damiens Mundwinkel zuckten nach oben. Die Jägerin vor ihm war also doch nicht so dumm, wie er geglaubt hatte. Er machte einen Schritt auf sie zu, Lei ging einen zurück. Den Dolch hielt sie immer noch vor sich, als ob ihn das davon abhalten würde, sie anzufallen, wenn er wollte. Sie beide wussten, dass dem nicht so war. Er hörte, wie ihr Herz in ihrer Brust galoppierte, auch wenn sie versuchte, ihre Atmung zu kontrollieren.

„Sie glauben also nicht, dass ich die Wahrheit über Ihren Vampir gesagt habe?", fragte er und setzte sich beiläufig auf die Ecke seines Schreibtisches. Er faltete die Hände in seinem Schoß und sah sie mit einer hochgezogenen Augenbraue an.

„Ich glaube, Sie würden mir alles Mögliche erzählen, wenn Sie dafür Ihren Gefallen bekommen." Sie war so weit zurückgegangen, dass sie beinahe mit dem Rücken gegen das Fenster stieß. Der Blick, den sie ihm aus ihren braunen Augen entgegenschleuderte, war so hart wie Stahl. Damien ertappte sich dabei, wie er sie mit Flor verglich. Flor war um einiges jünger als Lei gewesen, ängstlicher. Und doch hatte er ein ähnliches Feuer in ihren Augen erkannt, wie das, das ihm jetzt von Lei entgegenschlug.

49

„Nun, alles, was ich Ihnen anbieten kann, ist die Wahrheit. Für einen gewissen Preis natürlich. Aber wenn Sie diese Wahrheit nicht wollen, können Sie auch gerne mein Zuhause verlassen und nie wieder zurückkommen." Er ließ eine unterschwellige Drohung in seiner Stimme durchklingen. Er sah, dass Lei mit sich selbst rang. Das, was er von ihrer Mission wusste, sagte ihm, dass diese Sache für Lei nicht nur ein Auftrag war. Sie hatte ein Kind getötet. Ein Kind, das in einen Vampir verwandelt und in einem Dorf voller Leichen zurückgelassen worden war. Von genau dem Vampir, dem Lei jetzt über einen ganzen Ozean gefolgt war.

Sie schloss die Augen, ihr Herzschlag beruhigte sich, und dann seufzte sie. „Was für einen Deal schlagen Sie vor?"

Damien stutzte. Diese kleine Frage kam ihr offensichtlich nur schwer über die Lippen. War die Vorstellung, mit einem Vampir zusammenzuarbeiten, so schwer für sie? Immerhin ging es hier nicht nur um ihn und seinen Clan. Aber das konnte sie noch nicht wissen. Als er eine Weile brauchte, um auf ihre Frage zu antworten, öffnete sie die Augen wieder und sah ihn fragend an.

„Ich möchte, dass Sie für mich einige Nachforschungen im Jäger-Hauptquartier anstellen", sagte er schließlich – und sah augenblicklich, wie die Jägerin sich wieder vor ihm verschloss. Ihr Blick wurde wieder hart und sie schüttelte langsam den Kopf. Aber er sah auch, dass sie zögerte. Vermutlich war sie gerade dabei, die Konsequenzen abzuwägen, wenn sie doch Nein sagte.

„Hören Sie mich an!", beeilte Damien sich zu sagen und umrundete den Schreibtisch. Er wusste, dass er sich mit seinem Verhalten und seinen nächsten Worten eine Unmenge an Blöße geben würde. Er machte sich angreifbar. Für Flor. „Es geht hier nicht nur um mich, meinen Clan und eine wie auch immer ausgelegte Vendetta gegen Josephine. Es geht auch um Ihre Spezies. Zumindest um die Jäger, die nicht aus der Stadt stammen."

Lei verschränkte die Arme vor der Brust, deutete ihm stumm, dass er seinen Plan weiter ausführen solle. Er lehnte sich wieder gegen den massiven Schreibtisch, stützte die Hände auf der Kante ab. „Ich weiß nicht, wie viel Sie über den Deal wissen, den ich mit Josephine vor einigen Jahrzehnten ausgehandelt habe. Im Endeffekt lässt sie mich meine Geschäfte regeln. Wenn ich ihr im Gegenzug die Jäger und Jägerinnen übermittle, auf die meine Mitarbeiter eventuell stoßen könnten."

„Und? Was ist so wichtig, dass Sie nicht nur Ihr eigenes Leben für diese Nachforschungen riskieren?", unterbrach Lei ihn. Er warf ihr einen leicht verärgerten Blick zu. Ihre Frage war nicht dumm, aber er wollte gerade auf diesen Punkt zu sprechen kommen.

„Keine der Jäger und Jägerinnen, die ich Josephine gebracht habe, haben die Stadt je wieder verlassen oder wurden sonst irgendwo lebend gesehen. Sie wurden quasi vom Erdboden verschluckt. Normalerweise wäre

51

mir das auch scheißegal. Das sind erwachsene Menschen, die ihre eigenen Entscheidungen getroffen haben. Bis auf Flor." Er machte eine Pause, als er spürte, wie die Wut wieder in seinem Magen zu brodeln begann und seine Fangzähne zum Vorschein kamen.

„Wer ist Flor?", fragte Lei in einem Ton, der ihrer Verwirrung Ausdruck verlieh. Also hatte sie sie nicht bei Josephine getroffen. Was mit ziemlicher Sicherheit bedeutete, dass sie bereits tot war – und somit seine Vermutung bestätigte. Aber er wollte Gewissheit. Und er wollte wissen, warum Flor sterben musste.

Damien atmete tief durch, ehe er weitersprach: „Flor Lozano ist – oder war – eine mexikanische Jägerin, die sich unter eine ... sagen wir, Lieferung an Menschen geschmuggelt hatte, die nach New Orleans kamen, um für mich zu arbeiten. Sie war gerade einmal siebzehn Jahre alt. Und ich will, nein, ich *muss* wissen, warum sie niemand mehr gesehen hat, nachdem ich sie bei Josephine ablieferte."

„Sie machen so einen Aufstand wegen eines *Mädchens*? Noch dazu einer Jägerin? Warum? Und warum sollte ich Ihnen dabei helfen? Josephine würde mich vermutlich umbringen, wenn sie herausfindet, dass wir überhaupt darüber gesprochen haben. Und dann würde meine Mission unerfüllt bleiben." Sie schüttelte erneut den Kopf, diesmal, weil sie offensichtlich nicht glauben konnte, dass er Kopf und Kragen riskierte, um ein Menschenmädchen zu finden. Aber er wusste genau, in welche Wunde er seinen Finger stecken musste, um Lei umzustimmen oder zumindest so weit zu kriegen, dass sie darüber

52

nachdachte, ihm zu helfen. Nicht gerade die feine Art, Geschäfte zu machen, aber ihm gingen die Möglichkeiten aus. Und er war noch nicht bereit, ihr zu sagen, warum er Flors Schicksal erfahren wollte. Er musste zuerst sichergehen, dass sie ihn nicht sofort an Josephine auslieferte.

„Deswegen biete ich Ihnen im Gegenzug meine Hilfe an. Und ... meinen Schutz." Leis Augen wurden groß. Damien wusste, was ihr gerade durch den Kopf ging. Zuerst wollte er, dass sie für ihn ihre lokale Vorgesetzte ausspionierte. Und jetzt bot er ihr auch noch seinen Schutz an. Er musste in ihren Augen verrückt sein.

„Sie sind wahnsinnig", murmelte Lei. Aber sie klang nicht mehr ganz so sicher wie noch vor ein paar Sekunden. Innerlich feuerte er ihr Gewissen an. Sie musste doch einsehen, dass es die beste Lösung für beide Seiten war. Lei bekam die Hilfe, die sie brauchte, um ihren Fall abzuschließen und Jhing Yahui der Justiz zu übergeben, und er würde Informationen über Josephine und Flor bekommen, die ihm in seinem Kampf gegen den Würgegriff der Jägerkoordinatorin helfen konnten.

Lei kaute auf ihrer Unterlippe, während er mit angehaltenem Atem auf ihre Antwort wartete. Ihr Herz schlug zwar schneller, allerdings in einem stetigen Rhythmus. Kein Stolpern, das irgendwie drauf schließen ließ, was ihr genau durch den Kopf ging und wofür sie sich entscheiden würde. Dann atmete sie tief ein und stieß die Luft in einem Schnauben durch die Nase wieder aus. „Duìbuqǐ ... Aber ich kann Ihr Vorhaben nicht unterstützen."

53

Sie riss sich von seinem enttäuschten Anblick los und verließ das Büro so schnell und leise, wie sie nur konnte. Damien lehnte noch ein paar Minuten am Tisch. Er hatte wirklich gedacht, er hätte sie so weit gehabt, hätte sich die Hilfe der Jägerin gesichert. Immerhin musste sie doch etwas gegen Leute haben, die unschuldige Kinder in ihre Machenschaften hineinzogen. Oder betrachtete sie Jhing Yahui nur als bloßen Auftrag, den sie erfüllen musste, weil dey nun mal ein vor dem Gesetz flüchtiger Vampir war? Nein, das konnte nicht richtig sein. Alles in ihrer Akte deutete darauf hin, dass ihr moralischer Kompass mit seinem auf einer Linie stand. Zumindest, wenn es um Kinder ging.

Immer noch etwas benommen von der Vorstellung, dass er sich in Lei geirrt haben könnte, verließ Damien das Büro. Er kam am oberen Treppenabsatz zum Stehen, lehnte sich an das Geländer und sah nach unten. Dorthin, wo Lei gerade noch mit der anderen Jägerin, Kristin, sprach. Sie warf einen Blick nach oben, und ihrer traf den seinen für den Bruchteil einer Sekunde. Dann beobachtete er, wie sie sich einen Weg durch die Menge an Gästen zum Aufzug bahnte.

Malone stellte sich lautlos neben ihn. Einem Menschen hätte er damit einen Heidenschrecken eingejagt. Aber Damien drehte nicht einmal den Kopf, um seinen Berater anzusehen. Er wusste auch so, worauf dessen Augen fixiert waren.

„Soll ich sie beschatten lassen, Boss?", fragte Malone leise. Damien konnte das Misstrauen hören, das in der Stimme des Iren mitschwang. Die Veränderung in Damiens Benehmen war keinem seiner Clanmitglieder entgangen. Und dann war da noch der tote Jäger von gestern ... über den sich bis jetzt niemand beschwert hatte. Also musste Josephine das Ganze unter den Teppich gekehrt haben. Oder sie hatten ihn noch nicht gefunden, was Damien für sehr unwahrscheinlich hielt.

Er schüttelte kaum merklich den Kopf. „Die kleine Jägerin gehört mir."

KAPITEL 7

Lei hasste es, dass ihre Gedanken immerzu um Moreau und seinen verdammten Deal kreisten. Als hätte ihr Gehirn nichts anderes, mit dem es sich beschäftigen konnte. Nachdem Moreau eine ziemlich ausführliche Akte über sie führte und mit Sicherheit ihren Missionsbericht gelesen hatte, wusste er bestimmt über den Jungen im Dorf Bescheid. Sein Verhalten und seine Worte bestätigten ihre Vermutung nur. Sie hatte gespürt, wie er versucht hatte, seine Verzweiflung zurückzuhalten. Offensichtlich besaß Moreau keinen langen Geduldsfaden. Und der schien nur noch kürzer zu werden, je länger sie ihre Entscheidung herauszog. Aber sie konnte das Risiko nicht außer Acht lassen, dass damit einhergehen würde, wenn sie ihm bei seinem Vorhaben half. Auch wenn Kristin interessant und nicht allzu gefährlich auf sie selbst wirkte, und Josephine ihr geholfen hatte bis jetzt ... Zhao hatte sie vor ihrem Abflug eindringlich vor den New-Orleans-Jägern gewarnt. Was allein deswegen schon ungewöhnlich war, weil ihr Vorgesetzter sich selten darum scherte, was ihr auf Missionen passierte. Aber irgendetwas, was Josephine hinter mehr oder weniger verschlossenen Türen anstellte, jagte selbst Zhao Angst ein. Und wenn Moreau recht hatte? Wenn Josephine die Jäger, die er ihr brachte, tötete? Oder mit

56

ihnen wie auch immer geartete Experimente durchführte, bei denen es selbst dem berüchtigten Teufel von New Orleans die Nackenhaare aufstellte? Sie wusste nicht, was sie dann tun würde.

Noch habe ich nicht einmal Ja gesagt. Allerdings würde er bestimmt ein drittes Mal bei ihr auftauchen. Sie hoffte nur, dass es nicht wieder in einer dunklen Seitengasse war. Und was würde sie ihm sagen? Sie wusste es nicht. Eine kleine Stimme in ihrem Hinterkopf meinte, dass sie ihm helfen musste, wenn sich seine Vermutung als wahr herausstellte.

Sie ließ ihre Gedanken weiter schweifen, während ihre Fäuste den Boxsack vor ihr bearbeiteten. Ihr eigenes Gewissen würde sie dazu drängen, Moreau zu helfen, wenn es so weit war. Aber bis dahin wollte sie sich nicht festnageln lassen. Nur beschlich sie das unangenehme Gefühl, dass die Entscheidung ihr bald genug abgenommen werden würde.

Lei wischte sich den Schweiß aus den Augen. New Orleans war um einiges feuchter und wärmer als Lhasa. Gerade was die Luftfeuchtigkeit betraf, hätten die beiden Städte nicht unterschiedlicher sein können. Und diese trug nicht gerade dazu bei, dass Lei sich besser fühlte. Immerhin hatte sie einen Boxsack, an dem sie ihre Gefühle auslassen konnte, während ihr Kopf an einer Lösung für ihr Dilemma arbeitete.

Sie war so vertieft in ihre Grübeleien und den Rhythmus, mit dem sie den Boxsack bearbeitete, dass sie nicht bemerkte, wie mehrere Personen den Innenhof mit den Trainingsgerätschaften betraten. Erst als eine ihr unbekannte Stimme ihren Namen sagte, schreckte sie aus ihrer Trance. Sie drehte sich um, schlüpfte aus den nassgeschwitzten Boxhandschuhen und stand nicht nur Kristin gegenüber, sondern auch einer anderen Frau. Ihre Haut war etwas heller als Kristins, hatte einen eher rotbräunlichen Sepiaton, und ihre schwarz-grauen Haare kräuselten sich in engen Locken um ihr Gesicht, die sie offen und etwa kinnlang trug. Zwei Augen in einem dunklen Goldbraun, das Lei an die Farbe von Honig erinnerte, musterten sie aufmerksam hinter einem Paar Brillengläser. Lei hatte bis jetzt nur Fotos von ihr gesehen, aber die Frau vor ihr musste Josephine Bonnet sein.

„Hallo, Lei. Schön, dich endlich mal persönlich kennenzulernen." Josephines Stimme war sanft, als sie Lei begrüßte. Ihre Lippen verzogen sich zu einem Lächeln, aber Lei fand, sie sah eher aus wie ein Wolf, der ein Zähnefletschen unterdrückte.

Sie nickte nur stumm als Antwort, sah flüchtig zu Kristin rüber. So wie die beiden vor ihr standen, wurde Lei das Gefühl nicht los, dass sie sich hier eher in einer Befragung befand als einer ungezwungenen Vorstellungsrunde. Sie sagte nichts, aber die Frage, die ihr auf der Zunge lag, stand ihr hoffentlich deutlich genug ins Gesicht geschrieben. Sie wollte wissen, was das hier werden sollte. Josephines Lächeln verblasste.

58

„Kristin meinte, du wärst noch nicht viel weitergekommen mit deiner Mission. Konntest du gestern Abend etwas Nützliches von Monsieur Moreau in Erfahrung bringen?", führte Josephine ihren angestrengten Small Talk fort. *Ah*. Deswegen war sie also hier. Kristin war nicht nur Dekoration, sondern als Absicherung mitgekommen. Obwohl die andere Jägerin nicht dabei gewesen war, als Lei Moreau getroffen hatte. Und Lei hatte ihr auch nichts erzählt, abgesehen davon, dass sie ins Hauptquartier zurückkehren würde. Vermutlich trat Josephine deswegen jetzt aus den Schatten und hatte sich nicht schon früher vorgestellt.

„Nicht wirklich. Moreau meinte nur, dass Jhing nicht mehr in der Stadt sei. Aber, wenn ich ehrlich bin, traue ich dem Typen nicht über den Weg." Lei zuckte mit den Achseln. Das war die Wahrheit. Aber sie musste Josephine ja nicht erzählen, dass Moreau versuchte, sie dazu zu überreden, die Jägerkoordinatorin auszuspionieren. Zhao und Lei waren sich vielleicht nicht in allen Angelegenheiten einig, aber wenn er sie schon extra vor Josephine warnte, würde sie ihm vertrauen. Und das bedeutete, dass sie sich nicht in die Karten schauen lassen würde.

Josephine entspannte sich etwas, und diesmal war das Lächeln, das auf ihrem Gesicht erschien, etwas gütiger als vorher. „Und du würdest gerne noch etwas länger hierbleiben und Nachforschungen anstellen." Wieder nickte Lei.

„Wenn Moreau mir nicht helfen kann, finde ich sonst vielleicht irgendeinen Anhaltspunkt, um Jhing zu finden. Nur, wenn es keine Umstände macht." *Und rede vielleicht noch einmal mit Moreau. Er muss mehr wissen, als er zugibt.*

„Also gut. Erstatte mir bitte Bericht, solltest du noch etwas herausfinden." Josephine wandte sich um, um wieder ins Haus zu gehen. Dann blieb sie jedoch noch mal stehen und sah über ihre Schulter zurück. „Und sei gewarnt: Moreau ist klüger, als es den Anschein hat."

„Danke." Lei beobachtete, wie Josephine in einer anderen Tür verschwand. Kristin folgte dicht hinter ihr und nickte Lei nur kurz zu. Letztere blieb schwitzend und verwirrt im Innenhof zurück. Vielleicht hatte Moreau doch recht. Warum sonst hätte Josephine sie warnen sollen, dass der Vampir auch mal Sachen verschwieg oder log? Was ja jeder einmal tat. Nur war Lei sich nicht sicher, wer von beiden hier die Wahrheit sagte.

Bevor sie Moreau ihre Unterstützung zusagen konnte, musste sie mehr über seine Beweggründe herausfinden. Warum interessierte er sich so für das Schicksal dieser Flor? Sie konnte sich denken, warum er dachte, dass sie genau die Richtige war, um ihm zu helfen. Sie war eine Jägerin von auswärts, hatte sonst nichts mit Josephine zu schaffen und würde wahrscheinlich auch unbehelligt wieder abreisen können. Wenn Josephine sie allerdings erwischte ... Lei würde nicht nur ihr eigenes Leben riskieren, sondern auch die Beziehungen zwischen New Orleans und den Jägern in Lhasa. Sie konnte diese Entscheidung nicht treffen, bevor sie nicht mehr Informationen hatte. Mit neu gewonnener Dringlichkeit räumte sie die Boxhandschuhe weg und duschte, bevor sie sich auf Erkundungstour ins French Quarter begab.

In der Chartres Street legte sie eine erste Pause im Café *Fleur de Lis* ein. Und wenn es nur darum ging, sich zu vergewissern, wer ihr auf Schritt und Tritt folgte. Lei hatte ihn bereits vor einigen Minuten bemerkt, war sich aber aufgrund der Entfernung und der Kleidung nicht sicher gewesen, ob es sich um Moreau handelte. Als er einige Augenblicke später durch die Tür trat, war ihre Vermutung bestätigt. Damien Moreau stand in dunkelblauen Jeans, grauem Shirt und schwarzer Kapuzenjacke im Eingang des Cafés, und hätte er sie nicht eindringlich angestarrt, hätte Lei ihn gar nicht erkannt. Zielstrebig und mit so geschmeidigen Bewegungen wie bei ihren ersten beiden Treffen, schlängelte er sich zwischen Tischen und anderen Gästen hindurch.

Moreau wartete nicht auf eine Einladung, sondern setzte sich gleich auf den gegenüber stehenden Stuhl. Er faltete die Hände auf dem Tisch, während er sie erwartungsvoll anschaute. Lei kam nicht umhin, zu bemerken, dass er selbst in seinem ungewohnten Aufzug noch ein gewisses Maß an Autorität ausstrahlte.

Sie zog eine Augenbraue hoch und lehnte sich in ihrem eigenen Stuhl zurück. Die Arme kreuzte sie vor

61

der Brust. Noch wollte sie ihn nicht wissen lassen, dass sie knapp daran war, in seinen komischen Handel einzuwilligen. „Sie wissen nicht, was Nein bedeutet, oder?", sagte Lei mit einem Grummeln.

Moreau lehnte sich ebenfalls zurück, spiegelte ihre Haltung und grinste. „Eigentlich schon. Aber ich habe das Gefühl, Sie wollen eigentlich Ja sagen. Also fragen Sie, was Sie fragen müssen."

Lei nickte, bedachte ihn gedanklich mit einer erneuten Iteration von Arschloch. Sie nahm kurz einen Schluck vom Kaffee, den die Kellnerin ihr hingestellt hatte, bevor Moreau sich gesetzt hatte. Dann kreuzte sie ihre Arme wieder. „Warum ist Flor Ihnen so wichtig? Warum suchen Sie gerade nach ihr, wenn es jeder andere Jäger oder jede andere Jägerin sein könnte?" Sie ließ ihn nicht aus den Augen. Seine Reaktion war minimal – er hatte mehrere Jahrhunderte Übung im Aufsetzen eines Pokerface. Es reichte gerade mal für ein leichtes Verengen der Augen und ein kurzes Beben der Nasenflügel. *Interessant* ... Moreaus Stimme ließ jedoch weiterhin keine Hinweise auf seine Gefühlswelt zu. Außer sie bedachte, dass seine Stimme etwas zu kalt klang, als er ihr antwortete.

„Ich mag vielleicht gegenüber Geschäftspartnern und Gegnern als amoralisch und skrupellos gelten. Aber ich besitze durchaus einen moralischen Kompass." Er zuckte mit den Schultern. Aber Lei war nicht entgangen, dass seine Finger sich tiefer in seine Arme gruben.

„Und dieser moralische Kompass beschränkt sich nur auf Kinder?", hakte Lei nach.

Moreau nickte.

„Aber Flor ist kein Kind mehr. Sie hat sich eigenständig für den Weg als Jägerin entschieden." Lei wusste nicht, worauf er hinauswollte. Sie legte den Kopf leicht schief, ihre Augen ununterbrochen auf den Vampir vor ihr gerichtet.

„Was mit ihr geschehen ist, war nicht ihre Entscheidung. Und ich bin zum Teil schuld daran." Er hob die Hand, als sie ihn unterbrechen wollte. „Glauben Sie mir, ich weiß das. Flor konnte ich nicht retten. Aber ich kann weitere junge Jäger und Jägerinnen davor bewahren, dass ihnen die Entscheidung über ihr Leben abgenommen wird."

Sie starrte ihn stumm an. Moreau hatte ihr gerade einen gründlichen Blick in seine Karten gewährt.

„Deswegen brauchen Sie mich. Damit ich bei Josephine herumschnüffele, herausfinde, was genau passiert ist und Ihnen Beweise bringe. Damit Sie andere vor dem gleichen Schicksal bewahren können", stellte sie fest.

Moreau nickte. „Im Gegenzug helfe ich Ihnen bei der Suche nach Jhing Yahui. Und biete Ihnen meinen Schutz an, sollten Sie ihn benötigen."

Lei schluckte, biss sich kurz auf die Unterlippe. Sie verstand nun, warum er das hier tat. Auch, wenn sie der

63

Meinung war, dass es im Endeffekt Flors Entscheidung gewesen war, zur Jägerin zu werden. Aber sie wusste selbst, dass Jäger und Jägerinnen den Entscheidungen ihrer Koordinatoren ausgeliefert waren. Sie hatten selten ein Mitspracherecht, wenn es darum ging, wohin sie geschickt wurden. Sie waren Soldaten, auch wenn sie nicht so genannt wurden. Und es wurde erwartet, dass sie blind ihre Befehle befolgten. Selbst Josephine ging davon aus, dass Lei keine Gefahr für ihre korrupte Position war.

„Na gut." Eigentlich hasste sie es, wenn andere davon ausgingen, dass sie sich gerne kontrollieren ließ. Aber vielleicht konnte sie ihre eigenen Vorteile aus dieser Übereinstimmung ziehen.

KAPITEL 8

Damien wurde schwindlig bei dem Gedanken daran, dass Lei ihm wirklich ihre Unterstützung zugesagt hatte. Er hatte das Café so schnell verlassen, wie er es betreten hatte - um der Jägerin keine Zeit zu geben, doch noch ihre Meinung zu ändern. Obwohl sie genauso gut jetzt, wo er nicht mehr vor ihr saß, Josephine anrufen und ihr brühwarm alles erzählen konnte. Nur glaubte er nicht, dass sie der Typ Mensch dafür war. Lei hatte auf ihn zwar unschlüssig gewirkt, aber nur, weil ihr offensichtlich der richtige Beweggrund gefehlt hatte. Sie hatte einen Schubs benötigt, den er ihr geliefert hatte. Aber jemand anderes hatte die Vorarbeit geleistet. Ob die Jäger in Lhasa von Josephines Machenschaften wussten?

Unwahrscheinlich. Selbst er hatte nicht den Hauch einer Ahnung, was hinter der grünen Tür vor sich ging, wenn diese ins Schloss fiel. Er wusste nur, dass niemand, den er Josephine je gebracht hatte, das Haus wieder verlassen hatte. Das würde sich durch Leis Hilfe nun hoffentlich ändern. Aber zuerst musste er dafür sorgen, dass er seinen Teil des Deals auch einhielt.

Michael sah ihn schon von Weitem auf den Wagen zukommen, stieg aus und öffnete die Passagiertür für Damien. Währenddessen holte Letzterer sein Handy

65

hervor und rief Malone an. Der Ire hob bereits nach dem zweiten Klingeln ab, was Damien mit Genugtuung zur Kenntnis nahm.

„Ja, Boss?", erklang Malones raue Stimme aus dem Telefon. Damien bedeutete Michael loszufahren. Dann wandte er sich wieder seinem Stellvertreter zu.

„Malone, sorge bitte dafür, dass alle Unterlagen, die wir zu Jhing Yahui haben, morgen früh auf meinem Schreibtisch liegen", wies er den anderen Vampir an.

Malones Überraschung war selbst durch das Telefon zu hören, ohne dass Damien dessen Gesicht sah. Obwohl er es vermutlich auch noch Hunderte Meilen entfernt durch das Schöpferband gespürt hätte, das ihn mit dem anderen verband. „Also hat die Jägerin eingewilligt zu helfen?"

Der Ire klang so unsicher, wie Damien sich fühlte. Nicht, dass er das jemals offen zugegeben hätte. Sie beide wussten, welche Risiken Damien mit seinem Vorschlag eingegangen war. Aber er würde sich nicht von seinen eigenen Ängsten aufhalten lassen. „Das hat sie. Damit sie uns nicht doch noch in den Rücken fällt, müssen wir alles ausgraben, was wir über Yahui haben. Und damit meine ich, *alles*. Auch die Unterlagen aus Xis eigener Akte zu dem Vorfall." *Ich muss wissen, warum sie Jagd auf Yahui macht. Abseits der Leichen aus dem Bergdorf.*

„Wird erledigt, Boss", vermeldete Malone, und Damien lehnte sich zufrieden im lederbezogenen

66

Autosessel zurück. „Ich nehme an, dass Sie heute nicht mehr ins Büro kommen?"

Damien verneinte, dann legte er auf. Er gab Michael die Anweisung, ihn zu einem seiner Clubs in Algiers zu fahren. Er brauchte etwas ... Ablenkung. Ob er die im *Club Supernova* finden würde, war eine andere Frage. Zumindest Felix sollte vor Ort sein. Und dey freute sich immer, wenn Damien auftauchte – egal, zu welcher Tageszeit. Jetzt wären immerhin noch keine Gäste im Club. Also gab es auch keinen Grund, den Felix vorschieben konnte, um nicht etwas Zeit mit ihm zu verbringen. Der andere Vampir wusste zwar nichts von Flor – Damien versuchte, seine beiden Geschäfte so weit wie möglich auseinanderzuhalten –, aber selbst Felix war aufgefallen, dass etwas im Busch war.

Eine Sache, an die Damien wieder erinnert wurde, als er die Stufen in den Club hinunterging und Felix an der Bar stehen sah. Er blickte direkt in die braunen Augen des anderen Vampirs und fand dort dieselbe Sorge, die auch schon Malone an den Tag legte.

„Was bereitet dir diesmal solche Sorgen, dass du bereits am Nachmittag hier aufkreuzt?" Felix warf das Geschirrtuch, mit dem dey einige Gläser abgetrocknet hatte, über die Schulter und fuhr sich mit der Hand durch das silbern gefärbte Haar. Damien hatte immer noch nicht verstanden, warum der Vampir deren Haare färbte. Vampire alterten so langsam, dass es vermutlich einige Jahrzehnte, wenn nicht sogar Jahrhunderte dauern würde, bis die Farbe wieder herausgewachsen

67

war. Aber Damien hatte schon so oft nachgefragt, dass er Felix damit nur wieder nerven würde. Und das wollte er gerade heute vermeiden.

Er umrundete die Bar, lehnte sich an den hinteren Tresen, über dem sich das Regal mit den Spirituosen befand - für die Kunden, die eher dem Alkohol zugeneigt waren. „Warum muss immer gleich etwas schiefgelaufen sein, wenn ich herkomme?" Er beobachtete, wie Felix' Armmuskeln sich an- und dann wieder entspannten, während dey ein weiteres Glas abtrocknete. Der Vampir warf ihm einen etwas unamüsierten Blick zu.

„Du tauchst nur auf, wenn du Ablenkung brauchst." Die Unzufriedenheit darüber in deren Stimme war nicht zu überhören. Damien lächelte schief und trat näher an dey heran. Er hakte seine Finger in die Gürtelschlaufen von Felix' Jeans und zog den Körper des anderen enger an sich heran.

„Das war doch, was wir ausgemacht hatten. Das weißt du." Er versuchte, deren Blick festzuhalten, aber Felix drehte den Kopf mit einem Seufzer weg von ihm. Damien hob eine Hand und legte sanft einen Finger unter Felix' Kinn, drehte deren Kopf wieder zu sich.

„Ich weiß. Aber ..." Felix brach ab und sah ihn mit solcher Verletzlichkeit an, dass Damien kurz die Luft wegblieb. Die beiden hatten, wie so oft, eine Abmachung getroffen, dass ihre Bettgeschichten eben

68

nur das waren - Bettgeschichten, die manchmal passierten. Nichts weiter.

„Aber du willst mehr als das. Ich weiß." Damien ließ Felix los und trat mehrere Schritte zurück, bis er wieder an die hintere Theke stieß. „Wir hatten diese Diskussion doch schon oft genug. Ich kann dir nicht mehr als das hier geben. Auch, wenn ..."

„Auch wenn was?", unterbrach ihn Felix und ging nun selbst einen Schritt auf ihn zu. Damien wollte denen keine Hoffnungen machen. Er hatte dem anderen schon oft genug erklärt, dass er denen nichts weiter als Spielereien in den Schatten geben konnte. Zu ihrer beider Schutz. Wenn jemand anderes, wie etwa Josephine, davon erfuhr, dass er mit einem seiner Barkeeper regelmäßig ins Bett stieg und auch noch so etwas wie Gefühle für den Vampir entwickelt hatte, würde Felix für immer in Gefahr schweben. Oder schlimmer noch, man würde dey als Druckmittel nutzen und womöglich sogar töten, um an Damien heranzukommen.

Damien starrte auf seine Schuhe. Dann flüsterte er: „Auch, wenn ich mir vielleicht etwas anderes wünschen würde." Josephine würde sich auf dem Boden rollen vor Lachen, wenn sie sehen könnte, wie er sich hier benahm. Der so gefürchtete, eiskalte Monsieur Moreau ganz handzahm und ängstlich, weil er seine Gefühle einem anderen Lebewesen offenbarte.

69

„Aber es ist besser für uns beide, wenn wir in den Schatten leben, ich weiß." Felix kam näher, nahm seine Hand und legte sie an deren Wange, Damiens Hand immer noch in der eigenen. Damien ließ seinen Daumen über Felix' Wange gleiten. Vorsichtig - so vorsichtig, wie er sonst nie war - beugte er sich nach vorne, hob auch seine zweite Hand, um Felix' Gesicht zu umfassen, und presste seine Lippen auf die des anderen. Felix seufzte in den Kuss und schmiegte sich enger an ihn. Lange hielt die Zärtlichkeit nicht an, als die Dringlichkeit und die Verzweiflung wieder in Damien hochkamen und um die Vorherrschaft rangen. Eng umschlungen - und unter etlichen Malen, in denen sie gegen Wände prallten - kämpften die beiden sich in das Schlafzimmer über dem Club und aus ihrer Kleidung.

Das Licht der Nachmittagssonne prickelte auf Damiens Haut, während Felix' Finger seinen Körper in Brand setzten. Felix dirigierte ihn zum Bett, drückte ihn sanft nach unten, sodass Damien auf dem Rücken zu liegen kam. Damien hob seine Hüften an, um Felix das Ausziehen seiner Jeans zu erleichtern. Die beiden Hosenpaare landeten in irgendeiner Ecke des Zimmers. Dann befand sich Felix plötzlich wieder über ihm, küsste ihn so fordernd, dass Damien beinahe die Luft wegblieb.

Felix' Lippen erkundeten seinen Körper, liebkosten seinen Mundwinkel, seinen Unterkiefer. Dey bahnte sich sorgsam und sacht einen Weg über Damiens Oberkörper nach unten. Kurz hielt dey inne. Damien

70

biss sich auf die Unterlippe, als er sah, wie Felix zwischen seinen Beinen kniete, das Gesicht nur Zentimeter von seinem Schritt entfernt, und ihn mit großen, fragenden Augen ansah. Damien nickte, ließ Felix nicht aus den Augen. Als er deren Lippen erneut auf seiner nackten Haut spürte, warf er den Kopf in den Nacken. Ein Stöhnen entwich seinen Lippen, und seine Fangzähne schoben sich unwillkürlich vor.

Felix ließ nicht von ihm ab, und Damien grub seine Finger in die nackten Schultern, jedes bisschen Haut, das er von denen zu fassen bekam. Damiens Finger verwandelten sich zu Klauen, als das Verlangen nach mehr weiter in ihm aufstieg und Felix' Lippen sich unaufhaltsam bewegten. Felix rang leise nach Luft, als Damiens Klauen, in einem verzweifelten Versuch, noch mehr von denen zu fassen zu kriegen, über deren Schultern kratzten. Endlich ließ Felix von ihm ab und krabbelte mit einem zufriedenen Grinsen wieder hoch.

„Du weißt ganz genau, was du mit mir machst, hm?", wisperte Damien, während Felix sich zu ihm herunterbeugte und in einen leidenschaftlichen Kuss verwickelte. Ja, dey wusste ganz genau, was deren Bewegungen in Damien auslösten. Felix ließ deren Finger wieder an seinem Körper entlangstreichen, bevor Damiens Hand zu deren Arm schnellte und deren Handgelenk umfasste. Mit Felix' Handgelenk immer noch in seiner Hand, hob Damien leicht den Arm. „Auf die Knie", brachte er mühsam hervor.

71

Felix gehorchte und kniete sich auf das Bett, stützte sich mit den Händen ab. Dey warf einen erwartungsvollen Blick über die Schulter, den Damien mit einem Zwinkern auffing, während er eines der Kondome aus der Packung fischte. Die Schachtel lag, wie immer, in der obersten Schublade des Nachttisches auf der rechten Seite des Bettes. Felix hatte die Position nie verändert. Warum auch? Damien war der Einzige, der das Schlafzimmer über dem Club jemals von innen sah. Zumindest behauptete Felix das.

Damien kletterte zurück aufs Bett, riss die Kondompackung auf und stülpte es sich über. Dann legte er eine Hand an Felix' Hintern. „Alles okay?"

Felix nickte. „Bereit, wenn du es bist." Mit einem zufriedenen Grinsen positionierte Damien sich hinter denen, nutzte seine Finger und seine Zunge und zeigte Felix ganz genau, welche Empfindungen dey zuvor in Damien hervorgerufen hatte.

Einige Stunden später war die Sonne bereits untergegangen, und Damien sah zu, wie Felix sich wieder anzog. Seine Augen wanderten über die Kratzer auf deren Rücken, die er denen unabsichtlich im Eifer des Gefechts zugefügt hatte und die bereits wieder verheilten. Damien seufzte und fuhr sich mit der Hand übers Gesicht. „Warum lassen wir den Club heute Nacht nicht einfach mal geschlossen?", murmelte er. Er sprach mehr zu sich selbst als zu Felix. Dey drehte sich allerdings daraufhin mit einer überrascht hochgezogenen Augenbraue um.

„Du weißt, dass die Stammkunden dann Fragen stellen werden. Und du willst ja nicht, dass das mit uns an die Öffentlichkeit dringt ..." Felix zuckte mit den Schultern und bückte sich, um deren T-Shirt aufzuheben. Damien und dey waren schon oft aneinandergeraten, weil ihre Kleidungsstile sich unterschieden und Felix sich lieber den Kleidungstrends der Zeit beugte, während Damien normalerweise an seinen teuren Anzügen festhielt. Er konnte das Grinsen nicht zurückhalten, als er daran dachte, wie Felix ihn am Weg ins Schlafzimmer damit geneckt hatte, dass er heute mal keinen Anzug trug.

„Man kann ja sogar deine Muskeln durch das Shirt sehen. Und noch etwas mehr."

„Das sieht man auch, wenn ich einen Anzug anhabe!" Die beiden hatten gelacht und ihren Weg fortgesetzt.

Jetzt umrundete Felix das Bett und setzte sich auf die Kante, neben Damien. Dieser heuchelte Desinteresse. „Die kommen doch alle immer erst nach Mitternacht angetorkelt. Dann kannst du auch mal später aufmachen." Er packte Felix' Shirt und zog dey zu sich herunter.

„Wenn mein Boss mir das befiehlt", flüsterte Felix, bevor dey Damien erneut küsste.

73

„Ja, ja. Das befiehlt er", erwiderte Damien zwischen zwei Küssen und zog Felix nun endgültig zurück aufs Bett.

Die aufgehende Sonne färbte den Himmel am östlichen Horizont bereits wieder hellrosa und orange, als Damien bei seinem Penthouse ankam. Er hatte Michael nicht angerufen, um sich von ihm abholen zu lassen, und hatte es stattdessen vorgezogen, zu Fuß zu gehen und die nächtlichen Gerüche und Geräusche von New Orleans in sich aufzusaugen. Unterdessen hatte er darüber gegrübelt, dass er nicht nur für sein eigenes Leben kämpfte oder seinen Clan oder um Rache für Flor, was auch immer ihr geschehen war. Er kämpfte auch um die Vorherrschaft in *seiner* Stadt. New Orleans war durch seine Zusammenarbeit mit Josephine zwar friedlicher als noch vor hundert Jahren, aber er war nicht der Einzige, der unter ihrem Würgegriff litt. Selbst die Werwölfe hatten ihren Unmut geäußert - auch wenn dieser bei ihnen etwas tiefer ging, weil sie unzufrieden mit den Werwolf-Statuten der Ko-Existenz-Gesetze waren. Aber Damiens Gedanken kehrten immer wieder zu ihnen zurück. Selbst wenn Lei ihm die benötigten Informationen liefern könnte und Josephine es nicht frühzeitig herausfand, würde er Verbündete benötigen. *Aber ein Schritt nach dem anderen,* rief er sich zur Ordnung.

74

Er sah weder Rudolpho noch einen anderen seiner Bediensteten, als sich die Aufzugtüren im Stockwerk seines Penthouse wieder öffneten. Was ihm nur recht war. Er wollte jetzt keine Antworten auf unmögliche Fragen geben müssen. Zum Beispiel, wo er gewesen war oder warum er Jeans, T-Shirt und eine Kapuzenweste anhatte. Damien legte die Weste auf dem Weg zu seinem Büro auf seinem Bett ab. Als er im Büro ankam, sah er, dass Malone ihm bereits alle nötigen Unterlagen auf den Schreibtisch gelegt hatte. Damien machte sich eine mentale Notiz, ihn dafür zu loben, wenn er die nächste Gelegenheit hatte. Auch wenn er den Iren dann wieder daran erinnern müsste, es sich nicht zu Kopf steigen zu lassen. Mit einem Seufzer ließ er sich in seinen Sessel sinken und begann, die Unterlagen zu sichten.

Jhing Yahui war nicht mehr in der Stadt - wie er Lei bereits gesagt hatte. Aber der Bericht über Jhings momentanen Aufenthaltsort bereitete ihm mehr Sorgen. Was wollte der Vampir in Oaxaca de Juárez? Die Stadt und die umliegende Region wurden von einem Drogenkartell und einem etwas ... *exzentrischen* Werwolfrudel regiert. Und Damien hatte wenig Lust, sich in deren Angelegenheiten einzumischen. Er musste Lei wirklich dringend fragen, warum sie so besessen von Jhing war. Es konnte nicht nur der Vorfall in den Himalajas sein, wenn Jhing offensichtlich irgendwelche Verbindungen zum Molina-Kartell hatte. Andererseits ... *Vielleicht weiß sie davon noch nichts.* Dann wäre es vielleicht besser, ihr die Information zu

75

geben, wenn die Zeit reif war dafür. Er lehnte sich in seinem Stuhl zurück und stützte sein Kinn auf seiner Hand auf der Armlehne ab. So viele Unbekannte in dieser Gleichung, die hoffentlich zu Josephines Fall führen würde. Wie sollte er das nur kontrollieren? Konnte er das überhaupt? Er war sich da nicht so sicher. Lei würde ihm hoffentlich ein paar Puzzleteile liefern. Wenn er ihren Gesichtsausdruck richtig gedeutet hatte, würde sie heute ohnehin wieder hier auftauchen. Vermutlich musste sie auch für Josephine den Anschein wahren, dass er nicht an einer Zusammenarbeit interessiert war und ihr nicht half. Was wiederum bedeutete, dass sie erneut hierherkommen und ihm „Fragen" stellen musste. Das war Damien nur recht. Er hatte seine eigenen Fragen, die er Lei stellen wollte.

Wie erwartet kam Rudolpho gegen neun Uhr am Morgen in sein Büro, um die junge Jägerin anzukündigen. Damien bedeutete seinem Butler, sie hereinzulassen und sich dann zu verdünnisieren.

Lei hatte einen Pappbecher in der Hand, als sie eintrat, und Damien sah sie etwas fragend an. „Ich hätte Rudolpho auch bitten können, dass er Ihnen eine Tasse Kaffee macht. Dann müssten Sie nicht mit so was rumlaufen", begrüßte er sie und stand von seinem Stuhl auf.

Lei schnaubte. „Ist Klimaschutz auch eines Ihrer geheimen Steckenpferde?" Sie stellte den Pappbecher demonstrativ auf dem nackten Holz seines Schreibtisches ab, dann trat sie wieder einen Schritt zurück.

„Vielleicht." Damien zuckte mit den Schultern. „Der Kaffee ist nicht von Bedeutung. Sie sind wegen etwas anderem hier, ich weiß."

Lei verlagerte das Gewicht von einem Bein aufs andere, kreuzte die Arme vor der Brust und sah ihn mit mühsam gezähmter Ungeduld an. „Haben Sie schon etwas herausgefunden?"

Damiens Mundwinkel zuckten. Sie versuchte, ihn herauszufordern. Wollte sie sehen, wann ihm der Geduldsfaden riss, seine Autorität in Frage stellen? Er fuhr sich mit der Hand übers Kinn. Nein, das war es nicht. Sie wollte wissen, ob er seinen Teil der Abmachung einhalten würde, genauso wie er wissen wollte, ob sie ihren erfüllen würde. Lei zog fragend eine Augenbraue hoch, und in Damiens Gedanken nahm ein Plan Gestalt an. Wenn man es denn Plan nennen konnte. Er würde Lei so behandeln wie seine anderen Geschäftspartner auch. Er würde sie auf die Probe stellen, bis sie sich bewiesen hatte. Wenn sie mit Informationen über Flor wiederkam, konnte er ihr zumindest so weit vertrauen, dass sie einen Job erledigen konnte.

„Nun?", meinte Lei. Inzwischen tippte sie mit ihrer Fußspitze ein Stakkato auf den Teppich.

Damien stellte sich etwas aufrechter hin, machte den Knopf seines Jacketts zu. „Sie wissen bereits, dass Jhing nicht mehr in New Orleans ist." Lei sah aus, als würde sie ihm gleich den Kopf abreißen. Er hob eine Hand. „Lassen Sie mich ausreden. Jhing Yahui hat New Orleans verlassen und ist nach Mexiko gegangen. Wohin genau, weiß ich noch nicht. Dafür brauche ich etwas mehr Zeit. Was Ihnen genug Zeit geben sollte, um Informationen über Flor zu beschaffen."

Leis Nasenflügel bebten, und Damien war froh, dass der massive Schreibtisch zwischen ihnen stand. Auch wenn das die Jägerin nicht wirklich aufhalten würde, sollte sie ihn wirklich angreifen wollen. Sie schloss kurz die Augen, und er atmete erleichtert aus. „Sollten Sie mich anlügen, wissen Sie, was passiert", knurrte sie.

Er nickte. „Dasselbe gilt für Sie. Ich werde so viel herausfinden, wie ich kann. Und Sie haben achtundvierzig Stunden, um die nötigen Informationen zu sammeln."

Lei neigte ihren Kopf, machte auf dem Absatz kehrt und war dabei, das Büro zu verlassen. Sie blieb im Türrahmen stehen. „Enttäuschen Sie mich nicht, Moreau."

Sie mich auch nicht, Mademoiselle Xi.

KAPITEL 9

Verfluchter Vampir und seine verdammte Deadline.

Innerlich kochte Lei vor Wut auf Moreau. Er hatte ihr eine praktisch unmögliche Aufgabe gegeben und dann noch die Dreistigkeit besessen, ihr ein Ultimatum zu stellen. Als ob sie das nicht selbst tun konnte. Was wollte er schon machen, wenn sie Josephine erzählte, was wirklich los war? Warum sie keine Fortschritte in ihrem Fall machte und somit ihr eigenes Todesurteil unterschrieb? Weder Moreau noch Josephine machten den Eindruck, als würden sie gütig mit Leuten umgehen, die sie enttäuschten.

Sie seufzte und wischte sich mit einer Hand über den nass geschwitzten Nacken. Sie wäre nur zu gerne aus der Küche verschwunden, aber Kristin behielt sie selbst beim Kochen im Auge. Lei konnte es ihr nicht verübeln. Vermutlich hatte Josephine ihr aufgetragen, Lei auf Schritt und Tritt zu folgen. Selbst heute Morgen hatte sie Mühe gehabt, ihren Schatten auf dem Weg zu Moreau abzuschütteln. Und sie wusste immer noch nicht, ob sie Kristin wirklich entwischt war oder ob die andere Jägerin schlicht neue Befehle bekommen und deshalb von ihr abgelassen hatte.

„Alles okay?", fragte Kristin plötzlich, während sie irgendetwas in einer Pfanne umrührte, das Lei nicht

79

ganz verstanden hatte. Lei zuckte zusammen, hoffte, dass sie es nicht merkte, und nickte dann.

„Klar, warum fragst du?" Sie versuchte, so unbekümmert wie möglich zu klingen. *Scheiße. Das kauft dir doch keiner ab.* Aber als sie zu Kristin am Herd hinüberschielte, zuckte diese nur mit den Schultern.

„Ich weiß, wie bedrohlich Josephine manchmal wirken kann. Mach dir nichts daraus. Du kannst natürlich so lange bleiben, wie du willst. Oder bis du eine neue Spur in deinem Fall hast." Kristin drehte die Flammen auf dem Herd ab und kam dann mit zwei Tellern zum Tisch. Sie stellte Leis Portion vor ihr ab, und die zog eine Augenbraue hoch. Was ... sollte das sein? Da türmten sich Gemüse, Shrimps und etwas, was Lei nicht benennen konnte, auf einem Berg aus Reis.

„Was ist das?" Sie stand unschlüssig neben ihrem Stuhl, während Kristin sich setzte und ihren Löffel nahm. Die andere Jägerin sah von ihrem Teller auf, grinste schief.

„Gumbo." Kristins Antwort war simpel. Als würde sie erwarten, dass Lei genau wusste, was das vor ihr auf dem Tisch war. Irgendwo weit hinten in ihrem Kopf klingelte etwas bei dem Namen, aber sie wusste nicht, was sie genau erwarten sollte. Normalerweise war Lei nicht so zimperlich, wenn es um Essen ging. Aber ihr Kopf war immer noch damit beschäftigt, ob sie Kristin überhaupt trauen konnte. *Was, wenn es vergiftet ist?*

Als hätte sie ihre Gedanken gehört, sagte Kristin: „Komm schon. Es ist auch nicht vergiftet."

„Ich dachte auch nicht, dass es das wäre", erwiderte Lei mürrisch, setzte sich und nahm ihren Löffel. Sie schob einen großen Bissen Reis mit einem Stück Shrimp und Suppe auf den Löffel. Das Erste, was ihr auffiel, war der Fischgeschmack. Lei vermutete, dass Kristin auch noch Fischfond in das Gumbo gemischt hatte. Dann kam das Brennen der Chilis. Obwohl ... Vielleicht lag es auch nur daran, dass sie einen riesigen Bissen genommen hatte und nicht an den Chilis selbst, dass ihr Mund sich so anfühlte, als stünde er in Flammen. Sie hustete, schluckte und trank etwas Milch.

Kristin kicherte. „Zu scharf für dich, Xi?"

Sie schüttelte den Kopf. „Nicht zu scharf. *Heiß*", krächzte sie. Und um zu beweisen, dass die paar Chilis sie nicht so schnell in die Knie zwingen würden, nahm Lei gleich noch einen Bissen hinterher. Und hustete wieder, als das Essen prompt ihre Luftröhre verstopfte.

Jetzt lachte Kristin - und verschluckte sich kurz daraufhin selbst am Essen. Zwischen zwei Hustenanfällen brachte sie hervor: „Tja, wer so schnell isst."

„Sagt genau die Richtige", entgegnete Lei, und schon hingen beide wieder lachend über ihren Tellern, und für einen kurzen Moment waren Leis Befürchtungen vergessen. Aber als sie nach Atem rang, kam die Paranoia wieder zurück wie ein Boomerang. Kristin hatte sie noch nicht vergiftet und war auch sonst immer nett zu ihr gewesen. Warum also sollte sie jetzt damit anfangen, Lei auszuspionieren? *Vielleicht hat sie auch*

81

schon immer an Josephine Bericht erstattet, flüsterte die kleine Stimme in ihrem Kopf. Lei versuchte, sie abzuschütteln. Wollte sich auf das Essen konzentrieren und den Moment der Ruhe mit Kristin genießen.

Bis sie aufgegessen hatten und Kristin ihr zum Abschied eine Hand auf die Schulter legte.

„Muss los, habe heute Nachtschicht. Stell nichts an, was ich nicht auch tun würde." Kristin zwinkerte ihr zu, verließ die Küche, und Lei sah ihre Chance für ihre Mission.

Sie fühlte sich an das namenlose Dorf in den Himalajas erinnert, als sie durch das stille Hauptquartier schlich. Die Erinnerung jagte ihr ein Schaudern über den Rücken. Selbst jetzt, Monate später, konnte sie manchmal immer noch den Berg aus Leichen sehen, der am Dorfplatz aufgestapelt worden war. Die leblosen Augen der Ermordeten und derjenigen, die an einer unbekannten Krankheit gestorben waren, verfolgten sie manchmal bis in den Schlaf. Kurz kehrten ihre Gedanken zu dem toten Jäger zurück, den Kristin erwähnt hatte. Vermutlich hatte sie Moreau dafür zu danken, dass sie hier so unbehelligt umherirren konnte, denn sie hatte keine Ahnung, wo Josephines Büro war.

Bis jetzt hatte sie nur ihr eigenes Zimmer, den Gang mit den Türen zu anderen Schlafzimmern, die Waffenkammer, den Innenhof mit den Trainingspuppen und die Küche gesehen. Wo also sollte sie verdammt noch mal anfangen?

Vielleicht vom Innenhof aus, mutmaßte sie. Der quadratische, kleine Platz inmitten des Hauses kam ihr wie das perfekte Zentrum einer Familie vor. Nur dass in diesem Haus keine blutsverwandte Familie lebte, sondern ein Zusammenschluss aus Jägern, die sich um die ganze Stadt kümmerten und für Ordnung sorgten. Oder für Ungerechtigkeit, wenn sie Moreau fragen würde. Aber der Vampir war nicht hier - zu ihrem Glück. Sie konnte sich nur allzu lebhaft vorstellen, welche Art von Beschwerden sie sich anhören müsste, wenn er sah, wie sie durch das Haus irrte.

Lei erreichte den Innenhof, ging ganz in die Mitte und drehte sich einmal um die eigene Achse, um sich zu orientieren. Hinter ihr war der Gang, aus dem sie gerade gekommen war, an dessen Ende die Küche und die Tür zum Voodoo-Laden lagen. Links vor ihr lag der Gang zu den Schlafzimmern. Sie glaubte nicht, dass Josephine ihr Büro im Schlaftrakt des Hauses einrichten würde. Rechts von ihr war ein Korridor, von dem sie nur wusste, dass die erste Tür auf der linken Seite in die Waffenkammer führte. Das Büro der Jägerkoordinatorin des Bundesstaates Louisiana wäre dort besser aufgehoben.

„Was soll schon schiefgehen?", murmelte Lei und entschied sich, zuerst in dem Korridor nachzusehen. Sie ließ die Tür zur Waffenkammer unbeachtet und ging weiter, bis sie zu einer massiveren Tür aus dunklem Holz auf der rechten Seite kam.

Lei hob die Hand und drückte die Klinke hinunter. Aber die Tür bewegte sich nicht. *Abgeschlossen. Bingo.* Sie sah sich um, konnte weder eine Kamera vor der Tür

83

noch andere Jäger entdecken. Allerdings war in dem leeren Korridor auch nichts, unter dem sich ein Schlüssel verstecken ließ. Tür eintreten war keine Option. Josephine würde sofort wissen, dass Lei in ihrem Büro gewesen war. Andererseits ... In der Waffenkammer mussten Dietrichsets sein - auch wenn die Jäger normalerweise versuchten, nicht einfach in fremder Leute Häuser einzubrechen. Außer es gab einen triftigen Grund – wie Menschen, die in Gefahr schwebten. Meistens war die erste Option, das Eintreten, die schnellere Variante. Aber heute musste Lei subtil vorgehen und hatte hoffentlich etwas Zeit, bevor die anderen zurückkehrten. So sehr es ihr auch widerstrebte, dankbar für den Tod eines Kameraden zu sein - selbst, wenn sie ihn nicht gekannt hatte -, sie war es. Und Moreau hatte mit ziemlicher Sicherheit seine Finger im Spiel.

Sie huschte in die Waffenkammer, fand die Dietriche so schnell, wie sie noch nie etwas in einer Waffenkammer von Jägern gefunden hatte, und ging zurück auf den Gang, um das Schloss der Tür zu bearbeiten. Es dauerte ein paar Sekunden, bis Lei es überhaupt schaffte, die Werkzeuge in das Schlüsselloch zu stecken. Sie fluchte innerlich über sich selbst, als sie den kleinen Kratzer auf dem dunklen Holz betrachtete. Bevor sie das Knacken des Schlosses hörte, wunderte sie sich, dass Josephine überhaupt ein Standardschloss in ihrer Bürotür hatte und keines, das sich von dem in der Tür zu ihrem Schlafzimmer unterschied. Aber vielleicht rechnete sie auch nicht damit, dass der Verrat aus den eigenen Reihen kommen könnte.

Es ist kein Verrat, wenn sie das Gesetz bricht und Jäger foltert oder tötet, redete Lei sich selbst ein. Die Tür schwang auf und gab ein Quietschen von sich, dass sie zusammenzucken ließ. Sie warf einen flüchtigen Blick in beide Richtungen. Aber der Korridor war weiterhin verlassen, so wie der Rest des Hauptquartiers. Sie atmete tief durch, dann trat sie in den dunklen Raum.

Lei fand den Lichtschalter rechts neben der Tür, blinzelte gegen die Lampe an und schloss dann die Tür hinter sich. Josephine würde so oder so wissen, dass jemand hier gewesen war. Selbst wenn sie es schaffte, die Tür wieder abzuschließen, würden die Kratzer um das Schloss bestimmt auffallen. Sie hoffte nur, dass sie zu dem Zeitpunkt, an dem Josephine herausfand, was sie getan hatte, so weit wie möglich von New Orleans entfernt war. Oder dass Josephine jemand anderen verdächtigte als sie.

Sie ging zu dem Schreibtisch, schaltete den Computer ein, der sich dort befand, und fluchte, als das Gerät sie - berechtigterweise - nach einem Passwort fragte, das sie nicht hatte. Sie hätte mehr Zeit mit Kristin oder Josephine verbringen sollen, dann hätte sie vielleicht eine Chance, das Ding zu knacken. *Scheiße.* Sie befand sich in einer Sackgasse. Was hatte sie auch anderes erwartet, dass Josephine so dumm wäre, ihren Computer nicht zu sperren, wenn sie das Büro verließ? Andererseits ... Wäre Lei an ihrer Stelle und würde eine Operation leiten, die sie vielleicht sogar vor dem internationalen Rat verstecken musste, Lei würde nicht auf die neueste Technologie vertrauen. Zu viel konnte schiefgehen. Die komplette Festplatte konnte

85

kaputtgehen oder zerstört werden, jemand konnte versuchen, sich in den Computer zu hacken oder das ganze Ding mitgehen lassen. Während Lei sich so in dem Büro der Jägerkoordinatorin umsah, festigte sich ihre Meinung, dass Josephine für solch eine Operation eher oldschool unterwegs sein musste.

Sie ließ den Schreibtisch links liegen und trat zu der Wand mit den Bücherregalen. Lei ließ ihren Finger über die Buchrücken gleiten, achtete dabei darauf, welche besonders abgegriffen aussahen. Davon gab es mehrere. Aber fürs Erste konzentrierte sie sich auf die alte Ausgabe der „Geschichte der drei Spezies - Mythen und Wahrheit", die sie gerade vor der Nase hatte. Sie drückte mit der flachen Hand gegen den Buchrücken. Nichts passierte. Lei runzelte die Stirn. Sie war sich ziemlich sicher, dass Josephines Notizen darüber, was auch immer sie mit den Jägern anstellte, nicht hier in ihrem normalen Büro waren. Wäre Lei an ihrer Stelle, würde sie diese Notizen entweder an einem Ort weit entfernt von hier aufheben, wo niemand Zugriff darauf haben konnte, oder, und Lei glaubte, dass das die wahrscheinlichere Option war, Josephine hatte sie irgendwie hier versteckt.

Lei entdeckte einen unregelmäßigen Spalt zwischen der obersten Kante dieser alten Ausgabe der „Geschichte der drei Spezies" und dem Regalbrett darüber. Ganz so, als ob jemand regelmäßig die Finger zwischen Buch und Regal steckte. *Na, wer sagt's denn.* Vorsichtig steckte sie ihre Finger in den Spalt und suchte nach Halt. Etwa eine Fingerglied-Länge unterhalb des oberen Buchrandes fand sie eine rechteckige, glatte Fläche. Lei drückte, der Knopf gab nach, und sie konnte das Buch zu sich ziehen. Aus der Wand ertönte ein Klicken, und schon schwang das Bücherregal wie eine Tür nach innen. Sie grinste, zufrieden mit ihrer Detektivarbeit, während eine kleine Stimme in ihrem Hinterkopf tönte, dass Josephine bestimmt Sicherheitsvorkehrungen getroffen hatte. Lei hörte der Stimme halbherzig zu, setzte jedoch vorsichtig einen Schritt in den dunklen Raum hinein. Keine schrillen Warnsirenen ertönten, als sie vermutlich eine unsichtbare Schranke durchschritt. *Wahrscheinlich ein stiller Alarm.* Was bedeutete, dass sie schnell sein musste, wenn sie verhindern wollte, dass Josephine sie hier drinnen fand - und garantiert umbrachte.

Mit klopfendem Herzen beeilte Lei sich, in den Raum hineinzukommen. Sie fand den Lichtschalter und wurde mit dem Anblick einer Bildschirmwand konfrontiert. Kein Licht schien durch irgendwelche Fenster, denn es gab keine. An den Wänden standen zwei Bücherregale und sonst reihenweise Aktenschränke. Sie hastete zum ersten Aktenschrank, auf dessen Schubladen außen Buchstaben angebracht worden waren, die von U bis Z reichten. Lei zögerte einen Augenblick, versuchte, sich an den Namen zu erinnern, den Moreau ihr genannt hatte. Flor ... Flor Manzano? Nein. Das war es nicht. *Lozano!* Das war es. *Also schnell den Schrank mit dem L suchen.* Sie lief gegen den Uhrzeigersinn an den Aktenschränken entlang, bis sie fand, was sie suchte.

Ohne sich um etwaige Geräusche zu kümmern, die nach außen dringen könnten, riss sie die Schublade auf, ging Akte für Akte durch, bis sie bei *Lozano, Flor* ankam. Lei nahm den cremefarbenen Schnellhefter und ging damit zu dem Schreibtisch, der vor der Wand aus Bildschirmen stand. Sie schlug die Akte auf und sah sich konfrontiert mit dem Foto eines siebzehnjährigen Mädchens. Moreau hatte recht gehabt. Auch wenn Flor dieses Leben freiwillig gewählt hatte, das Gesicht, das ihr von dem Foto entgegenblickte, war das eines jungen Mädchens, das keinen blassen Schimmer gehabt hatte, in was es da hineingeraten war.

Auf der rechten Seite fand sich ein Steckbrief zu Flor. Geboren 1998 in Oaxaca de Juárez, Mexiko, und dort auch aufgewachsen. Seit 2014 Jägerin in Ausbildung und darauffolgend direkt im aktiven Dienst tätig. Im Spätsommer 2015 das letzte Mal in New Orleans, Louisiana, gesehen und seitdem verschwunden. *Was ihre Eltern wohl denken müssen ...* Vermutlich hatte Josephine sie irgendwie damit abgespeist, dass ihre Tochter bei einer Mission gestorben und die Leiche nie gefunden worden war. Dann fiel Leis Blick auf ein weiteres Datum und eine handschriftliche Notiz direkt daneben. *Verstorben am 15. September 2015. Schade, aber sie war nicht die Richtige.*

Die Richtige wofür? Und woran war sie gestorben? Lei blätterte um, konnte aber nur eine weitere Seite mit handschriftlichen Notizen finden, die sie nicht entziffern konnte. Josephines Handschrift war grauenvoll. Vielleicht absichtlich, damit keine unbefugte Person sich geheime Informationen

88

aneignen konnte. Aber Lei entdeckte etwas anderes in dem Folder. Eine DVD, schlicht, wie ein normaler Rohling, den man zu Hunderten in einem Laden kaufen konnte. Darauf, in ebenso verwackelter Schrift wie die handgeschriebenen Notizen, Flors Name und ein Zeitraum. Lei vermutete, dass der Anfang der Tag war, an dem Moreau das Mädchen zu Josephine gebracht hatte. Denn das Enddatum war Flors Todestag.

„Scheiße, Josephine, was machst du nur mit den Leuten?", flüsterte Lei. Sie nahm die DVD aus der Hülle, holte den Blu-Ray-Player unter dem Tisch aus dem Standby und legte die Disk ein. Die Bildschirmwand flimmerte und erwachte dann zum Leben. Mit zittrigen Händen nahm Lei die Fernbedienung auf dem Tisch und musste die Play-Taste zweimal drücken, ehe der Blu-Ray-Player tat, was sie verlangte.

Das Erste, was sie sah, war ein Teil eines Raumes, den sie noch nicht hier im Hauptquartier gesehen hatte. Aber wie die Geheimtür hinter den Büchern im Büro bewiesen hatte, musste das nichts heißen. Da war Flor, im Fokus der Kamera. Die Lichtquelle im Raum flackerte, und Lei nahm an, dass der Raum nur von Kerzen erhellt wurde. Was es etwas schwieriger machte, Flors Gesichtsausdruck eindeutig erkennen zu können. Der Zeitstempel sagte ihr, dass diese Aufnahmen von dem Tag stammten, an dem Flor zu Josephine gebracht worden war. Lei verfolgte die folgenden Ereignisse mit Argusaugen.

89

Josephine trat kurz ins Bild, drückte Flor eine Schale in die Hand. Flor sagte irgendetwas auf Spanisch, was Lei nicht verstand. Dem Tonfall nach zu urteilen, war Flor allerdings verängstigt. *Kann man ihr nicht verübeln. In einer fremden Stadt bei fremden Leuten, die wissen die Götter was mit ihr anstellen würden.* Lei beobachtete, wie Flor die Flüssigkeit in der Schale trank. Dann ertönte außerhalb des Blickwinkels der Kamera eine Klangschale, und Flor schien in eine Art Trance zu fallen. Lei vermutete, dass das, was Josephine ihr gegeben hatte, verflüssigter und verdünnter Knochenstaub war. Eine Droge, die Lei schon zu häufig begegnet war. Dazu gedacht, das Bewusstsein der trinkenden Person zu erweitern. Manche behaupteten, dass sie durch Meditation mit Knochenstaub im Blut sogar mit Toten sprechen und im Jenseits wandeln konnten. Obwohl Lei Letzteres nicht glaubte. *Seelenwandeln* war eine Fähigkeit, die nur wenige Menschen besaßen - selbst unter den Jägern war sie eine Rarität, die in manchen Zeiten mehr gefürchtet als geschätzt wurde.

Sie konzentrierte sich wieder auf die Videoaufnahmen vor ihr. Flor hatte begonnen, irgendetwas zu brabbeln, während Josephine ihr kryptische Fragen stellte. Dann fiel Flor ohne ein weiteres Wort um, und die Videoaufnahme brach ab.

Lei überflog die nächsten Tage, die alle gleich begannen und gleich endeten. Bis sie beim 15. September 2015 ankam und ihren Augen kaum traute. Die Aufnahme begann so wie die Tage zuvor, Flor trank den Knochenstaub und meditierte. Aber dann

90

veränderte sich etwas. Sie richtete sich etwas gerader am Boden auf, drückte die Schultern durch, ließ den Kopf kreisen, wobei ihre Wirbelsäule selbst für die Kamera hörbar knackte. Josephine fragte etwas, was Lei nicht ganz verstand - jemand hatte die Audioaufnahme der Kamera manipuliert und Josephines Stimme leiser gemacht. Flors Antwort war allerdings klar zu vernehmen. Nur klang es nicht mehr nach der verängstigten Mexikanerin von vorhin. Die Stimme war dieselbe, aber Lei war sich sicher, dass es nicht Flor war, die auf Josephines Frage mit einem glasklaren „Ja, ich bin hier" antwortete. Und als Flor, die irgendwie nicht Flor war, die Augen öffnete, wurde Lei klar, dass in dem Körper auf dem Bildschirm eine andere Seele steckte.

Die Verwandlung hielt allerdings nur kurz, denn Flor begann zu husten, Blut trat aus Nase, Augen- und Mundwinkeln hervor, und sie krümmte sich außerhalb der Sicht der Kamera. Die Schreie, die Lei vernahm, waren allerdings nur zu deutlich. Bis die Geräusche verstummten und auch diese Aufnahme endete.

Verdammte Scheiße. Josephine versuchte, irgendjemanden von den Toten zurückzuholen. In den Körper eines lebendigen Jägers. Lei zog ihr Handy hervor, machte Fotos vom Steckbrief und den Notizen und ein Video der Kameraaufnahmen. Dann nahm sie die Disk aus dem Player, steckte sie wieder in die Hülle. Sie stopfte die ganze Akte wieder in die Schublade und verließ fluchtartig den Raum. Sie würde verdammt sein, wenn Moreau sie in diese Scheiße mitreinzog.

KAPITEL 10

Normalerweise würde Damien keine Zeit damit verschwenden, vor dem Überqueren der Straße nach links und rechts zu sehen. Diesmal tat er es. Auch wenn er nicht wirklich nach ankommenden Autos Ausschau hielt, sondern nach Auffälligkeiten, wie beispielsweise einem Jäger, der nicht hierhergehörte. *Oder mir selbst, der wie ein imbécile mit einem Fuß auf der Straße steht.* Er beeilte sich, auf die andere Seite und zum Eingang des Cafés *Fleur de Lis* zu kommen.

Es hatte ihn verwundert, dass Lei ihn gefragt hatte, sich hier mit ihm zu treffen, und nicht wieder in sein Penthouse gekommen war. Aber sie hatte die Wahl damit begründet, dass niemand von Josephines Leuten Fragen stellen würde, wenn sie in ein Café im French Quarter ging. Und selbst wenn, würde sie schlicht sagen, dass sie die Beignets oder den Kuchen dort genoss.

Er grinste immer noch halb darüber, als er das Café betrat und Lei an einem der hinteren Ecktische sitzen sah. Als ihr Blick seinen streifte, verblasste sein Grinsen. Wenn er ihren Gesichtsausdruck richtig deutete, hatte sie entweder schlechte Nachrichten für ihn, weil sie nichts gefunden hatte - oder sie hatte etwas gefunden. Was bedeutete, dass Flor wirklich tot war. *Merde!* Er merkte, wie sein Herz einen Schlag aussetzte, bevor es

92

mit doppeltem Tempo weiterschlug und die Flammen der Wut durch seine Adern pumpte.

Damien fummelte am Knopf seines Jacketts herum, bevor er es endlich öffnen konnte, und setzte sich auf den freien Stuhl, gegenüber von Lei. „Haben Sie gefunden, wonach Sie gesucht haben?"

Die Jägerin warf einen unsicheren Blick durch den Raum, um sich zu vergewissern, dass niemand versuchte, sie zu belauschen. Dann beugte sie sich etwas nach vorne über den Tisch und flüsterte: „Das habe ich. Aber ich konnte es leider nicht mitbringen. Technische ... Schwierigkeiten." Damien nickte verstehend.

Lei lehnte sich wieder zurück und zog ihr Smartphone aus der Hosentasche. Er hatte sie noch nie mit einem solchen Gerät gesehen und zog kurz die Augenbraue hoch, was Lei auffiel. Sie warf ihm einen missbilligenden Blick zu. „Ich bin nicht aus dem letzten Jahrhundert." Dann tippte sie auf den Touchscreen und drehte das Handy so, dass er sehen konnte, was sie gerade aufgerufen hatte. „Ich konnte die Akte und das Video zwar nicht mitnehmen, aber ich habe alles am Handy aufgezeichnet. Die Notizen auf dem nächsten Foto konnte ich allerdings nicht entziffern. Josephines Handschrift ist grauenhaft. Und ich dachte, meine hànzì wären schlimm."

„Hànzì?", fragte Damien, während er ihr das Handy abnahm und zum nächsten Foto wischte. Er zoomte hinein, musste Lei aber recht geben. Josephines Schrift

93

war kaum zu entziffern. Dann wischte er wieder zum vorherigen Foto, dem Steckbrief von Flor.

„Chinesische Schriftzeichen." Sie beugte sich wieder etwas vor und zeigte auf eine bestimmte Stelle auf dem Foto, auf die er sogleich zoomte, und weswegen er beinahe das Smartphone hätte fallen lassen.

„Verstorben am 15. September 2015 ...", flüsterte er. Das bestätigte seine schlimmsten Befürchtungen. Aber es war genau das, was er gebraucht hatte. Diese Fotos waren zwar nicht das Original, aber sie waren eine Absicherung, sollte Josephine ihnen auf die Schliche kommen und die Originale zerstören. Auch wenn es ihm einen Stich versetzte, zu wissen, dass er Flor in den Tod geschickt hatte, war es eine Erleichterung, dass Lei ihm gebracht hatte, was er wollte. Obwohl ... Eigentlich waren die Jäger schuld, die sie unbeaufsichtigt gelassen und somit zu verschulden hatten, dass sie sich unter den Transport an neuen Menschen schleichen konnte. Wenn sie es Flor nicht sogar befohlen hatten. Er wischte etwas weiter hinauf und erstarrte. *Geboren am 26. November 1998 in Oaxaca de Juárez.* Da war sie wieder, diese Stadt.

„Mister Moreau, was ich auf der DVD gesehen habe ... Ich glaube, Josephine versucht, jemanden von den Toten zurückzubringen. Und sie nutzt die Jäger, die Sie ihr bringen, als Gefäß." Lei runzelte die Stirn. „Ich weiß nicht, wen sie zurückbringen will oder warum. Aber ..."

„Das, was Sie gesehen haben, war nicht schön, nehme ich an?", unterbrach Damien sie. Er wollte sich nicht allzu sehr mit dem Wissen befassen, dass Josephine sich

94

anscheinend an Nekromantie versuchte. Mit mäßigem Erfolg. *Zumindest noch.* Er wusste genauso wenig wie Lei, wen die Jägerkoordinatorin aus dem Jenseits zurückholen wollte. Allein das Wissen, dass sie es *versuchte*, würde reichen, um sie zu Fall zu bringen. Wenn er irgendwie die Videobeweise aufbessern oder ihre Handschrift entziffern konnte! Vielleicht bot Oaxaca de Juárez Antworten ... Und wenn nicht, gab es ihm wenigstens die Gelegenheit, Flors Familie ausfindig zu machen. Konnte ihnen vielleicht eine Möglichkeit bieten, emotional mit dem Ganzen abzuschließen. Felix und Malone hatten recht. *Du hast dich verändert.*

Lei räusperte sich und riss ihn aus seinen Gedanken. „Es war nicht das Schlimmste, was ich bis jetzt in meinem Leben gesehen habe. Die Schreie waren auf jeden Fall schlimmer." Er sah, wie sie bei dem Gedanken daran schauderte. Dann fasste sie sich wieder und sah ihn ernst an, die Augen wieder hart wie Stahl. „Erklären Sie mir endlich, warum Sie wollten, dass ich bei Josephine herumschnüffele? Ich glaube Ihnen nicht, dass es nur wegen Flor war. Dass Sie plötzlich wegen einem jungen Mädchen einen Sinneswandel hatten und ihre schlechten Taten wiedergutmachen wollen."

Er schnaubte belustigt. „Sie können glauben, was Sie wollen. Aber was Sie gerade sagten, entspricht zum Teil der Wahrheit." Er richtete sich in seinem Stuhl auf. „Ich denke, es ist Ihnen nicht entgangen, dass Josephine und ich einige ... Unstimmigkeiten haben, wenn es um New Orleans geht." Lei nickte, und Damien hielt kurz inne.

95

Er wusste nicht so recht, wie er das Nächste in Worte fassen sollte.

„Es stimmt, dass Josephine und ich vor einigen Jahrzehnten einen Deal eingegangen sind, der mir viele Vorteile eingebracht hat. Mit Abstrichen natürlich. Wie zum Beispiel, dass ich alle Jäger, die ich finde, zu ihr bringe. Offensichtlich, damit sie irgendwelche kranken Experimente mit ihnen machen kann. Im Gegenzug schauen Josephine und die Jäger, die ihr unterstehen, weg, wenn es um meine Geschäfte geht. Aber im letzten Jahrzehnt hat sich etwas verändert." Er schluckte kurz, verschränkte die Finger ineinander und legte sie auf dem Tisch vor sich ab. „Josephine sitzt mir immer mehr im Nacken. Auch wenn sie es natürlich abstreitet, würde ich sie danach fragen. Aber ich bin nicht dumm. Ich habe durchaus gemerkt, wie sie speziell meine Clubs im French Quarter und in der Nähe immer mehr ausquetscht."

„Also geht es Ihnen um Macht?", fragte Lei, als Damien einmal mehr innehielt, um tief durchzuatmen.

Er legte den Kopf schief, zog die Augenbrauen zusammen. „Nicht ganz. Es geht mir um ... Freiheit. Auf die Gefahr hin, dass ich vielleicht etwas nostalgisch klinge, oder so wie diese Fanatiker der Anti-Ko-Existenz-Partei. In den Jahren, seit das Ministerium für Interspezifische Affären offiziell gegründet wurde, haben die Jäger ihren Würgegriff um die übernatürlichen Gemeinschaften nur verstärkt." Lei sah so aus, als wollte sie ihn unterbrechen. Aber er hob die Hand, um sie zum Schweigen zu bringen. Sie schloss ihren Mund wieder, verzog die Lippen zu einem

96

dünnen, unzufriedenen Strich. Dann sah er auf seine Finger, während er sprach: „Ich weiß, wir Vampire sind auch keine Heiligen. Aber es kommt durchaus vor, dass manche meiner Leute - selbst, wenn sie einfach nur Mitglieder meines Clans sind und sonst nichts mit meinen Geschäften zu tun haben - fälschlicherweise verhaftet und verurteilt wurden. Ohne tatkräftige Beweise, ohne fairen Prozess. Und langsam muss ich sagen, es reicht." Er sah von seinen Fingern auf, erwiderte ihren Blick so neutral er konnte. Wenngleich sich sein Gesicht leicht verzerrt hatte, als er erzählt hatte, und seine Hände zu zittern begonnen hatten vor Ärger. Unter seiner glatten Fassade brodelte die Wut auf Josephine.

Lei ließ von seinem Blick ab und starrte auf die Tischplatte, friemelte an der Serviette herum. „Sie sind nicht der erste Vampir, der mir so etwas erzählt."

„Also verstehen Sie meine Beweggründe?", fragte er vorsichtig. Und zeitgleich trat er sich innerlich gegen das Schienbein. Wieso war er vorsichtig bei ihr? Sie war nichts, ein Niemand, den er nie wiedersehen würde, wenn sie die Stadt verließ. Aber sie hatte ihm wichtige Informationen geliefert. Hatte ihm geholfen in seinem Kampf gegen Josephine. Während er sie so beobachtete, glaubte er zu erkennen, dass sie seinem Ansinnen gegenüber zumindest nicht gänzlich abweisend eingestellt war.

Lei atmete tief durch, dann nickte sie. „Ich verstehe Ihre Gründe. Auch wenn ich nicht mit Ihren Methoden einverstanden bin." Als sie ihn wieder ansah, wusste Damien, dass er die richtige Wahl getroffen

97

hatte. Dann streckte sie plötzlich die Schultern durch und richtete sich ebenfalls in ihrem Stuhl auf. „Sie schulden mir immer noch die Informationen, die Sie über Jhing gesammelt haben."

Er nickte. „Natürlich. Ich halte meine Versprechen. Aber beantworten Sie mir doch eine Frage, bevor ich Ihnen sage, in welches Loch sich Ihr gesuchter Vampir verkrochen hat." Lei hob eine Augenbraue, protestierte aber nicht, dass er das hier weiter hinauszögerte. „Warum sind Sie so besessen davon, Yahui zu finden? Ich habe mir die Akte durchgelesen. Dey hat ein ganzes Dorf auf dem Gewissen und ein Kind verwandelt. Aber das ist sicher nicht der einzige Grund, warum sie dey um den halben Planeten jagen, oder?"

Leis Atem stockte, und sie blinzelte ihn überrascht an. Er grinste nur zurück. Oh ja, er konnte auch hartnäckig sein und seine Finger in unsichtbare Wunden stecken. Natürlich hatte er seine eigenen Nachforschungen angestellt. Aber so ganz war er aus dem Ganzen nicht schlau geworden. Ihm fehlte dieses letzte Puzzlestück, das Leis Antrieb darstellte. Er wartete, während die Jägerin sich in ihrem Stuhl zurücklehnte. Geistesabwesend rieb sie sich über den Arm und schien zu überlegen, wie sie ihre Gründe am besten in Worte fasste.

„Die Menschen in dem Dorf waren nicht deren erste Opfer", murmelte Lei.

Damien lehnte sich etwas weiter vor. „Was?"

„Es ist nicht das erste Mal, dass Jhing ein ganzes Dorf abgeschlachtet und Leute ohne ihren Willen - oder

98

Kinder - in Vampire verwandelt hat. Aber aus irgendeinem Grund sind meine Leute der Sache bis jetzt nicht nachgegangen. Ich will, dass Jhing deren gerechte Strafe erhält. Für alle, die dey auf dem Gewissen hat." Erneut war Leis Blick hart wie Stahl, und Damien stützte seine Ellbogen auf dem Tisch ab, während er langsam realisierte, was Lei wirklich antrieb.

„Sie fühlen sich schuldig", stellte er fest. Sie warf ihm als Antwort einen bitteren Blick zu, der ihm sagte, dass er recht hatte. Sie fühlte sich schuldig, weil ihre eigenen Leute sich scheinbar nicht dazu berufen gefühlt hatten, Yahui dingfest zu machen. Obwohl es ihre Pflicht war. Er wusste, dass sie in dem Dorf auch einen kleinen Jungen hatte töten müssen. Yahui hatte ihn verwandelt, er war der einzige Überlebende im Dorf - abgesehen von einem Mönch, der die Jäger um Hilfe gebeten hatte. Es verstieß gegen die Ko-Existenz-Gesetze, Kinder zu verwandeln. Selbst wenn Vampire dies aus der Güte ihrer Herzen taten, was durchaus manchmal vorkam. Manchmal war es aber auch nur der Wunsch nach Kindern, der sie dazu trieb, eine andere Familie ihres Nachwuchses zu berauben, da Vampire sich nicht biologisch fortpflanzen konnten. Zumindest, soweit bekannt war.

Lei räusperte sich wieder. „Also, was ist jetzt mit den Informationen, die Sie angeblich über Jhing haben? Derentwegen ich hier bin."

„Richtig. Sie haben gesehen, dass Flor in Oaxaca de Juárez geboren wurde, oder?" Er versuchte, sie

99

irgendwie langsam darauf vorzubereiten, was als Nächstes kam - und was er vorschlagen würde.

Lei nickte. „Was ist damit?"

„Oaxaca ist ein ... interessantes Pflaster. Im Süden von Mexiko, mit Zugang zum Pazifik und in der Nähe der mexikanisch-guatemaltekischen Grenze. Auch wenn Chiapas noch dazwischen liegt. Und es wird von einem vampirisch-menschlichen Drogenkartell beherrscht. Dem Molina-Kartell. Von den ortsansässigen Werwölfen und Jägern fange ich gar nicht erst an. Nicht einmal ich möchte mich mit den Leuten dort anlegen." Er zupfte einen imaginären Fussel von seinem Ärmel.

„Okay, und weiter?" Sie runzelte die Stirn. Damien seufzte. Er konnte die Informationen nicht länger zurückhalten. Allerdings sah Lei gerade auch mehr verwirrt als überrascht aus. Vielleicht wusste sie schon über Yahuis Verbindung zum Molina-Kartell Bescheid. Egal. Wenn sie nichts darüber wusste, würde sie jetzt davon erfahren. Und wenn nicht, würde er ihr zumindest einen neuen Hinweis zu deren Aufenthaltsort liefern und ihr somit mit ihrem Fall helfen. Er wusste nur zu gut, was es hieß, sich einer Sache aus Schuld zu verschreiben.

„Yahui ist in Oaxaca de Juárez. Ich weiß zwar nichts Genaues, aber ich nehme an, dey hat Freunde im Kartell."

„Was es schwierig machen könnte, an dey heranzukommen ..." Lei kratzte sich nachdenklich am Kinn. Damien nickte nur.

100

„Weswegen ich Ihnen meinen Schutz angeboten habe. Wenn Sie denn wollen, werde ich Sie nach Mexiko begleiten."

Sie sah ihn wieder überrascht an. „Ich dachte, Sie wollten sich nicht mit dem Kartell anlegen?"

Er zuckte mit den Schultern. „Wer weiß, vielleicht haben die irgendwelche Informationen, die mir gegen Josephine weiterhelfen können. Und wenn nicht, kann ich vielleicht wenigstens Flors Eltern sagen, was mit ihrer Tochter passiert ist."

Leis Mundwinkel zuckten, und ihre Lippen verzogen sich zu einem Grinsen, das Damien mit Überraschung quittierte. „Sie fühlen sich ebenfalls schuldig, nicht wahr? Weil Flor wegen Ihnen bei Josephine gelandet ist."

Damien schüttelte den Kopf. „Nein. Die Jäger in Oaxaca, die ein siebzehnjähriges Mädchen auf eine Mission geschickt haben, sind schuld daran, dass sie zu jung gestorben ist." Der Gesichtsausdruck der Jägerin vor ihm sagte ihm deutlich, dass sie ihm kein Wort abkaufte.

„Wann brechen wir auf?", fragte sie schließlich.

„Am besten gleich." Er erhob sich von seinem Stuhl und signalisierte der Kellnerin, dass er die Rechnung für Leis Kaffee übernehmen würde.

„Eine Sache noch, Mister Moreau", sagte Lei, die ebenfalls aufgestanden war. Er drehte sich wieder zu ihr um. „Sprechen Sie überhaupt Spanisch?"

Er zögerte kurz, dann schüttelte er den Kopf. „Nicht viel. Sie?"

„Kein einziges Wort." Lei grinste, als sie an ihm vorbeiging. „Das kann ja heiter werden. Eine Jägerin und ein Vampir gemeinsam in Mexiko, und keiner von beiden spricht gut genug Spanisch, um nicht aufzufallen. Klingt nach einem schlechten Scherz."

Er folgte ihr zur Tür, nachdem er gezahlt hatte. „Wer weiß, vielleicht können wir in ein paar Jahrzehnten wirklich darüber lachen."

KAPITEL 11

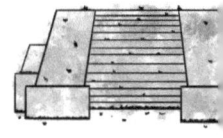

Als sie von der gekühlten Ankunftshalle des Flughafens von Mexiko-Stadt hinaus auf den Parkplatz traten, schlug Lei eine Welle schwüler Luft entgegen. Sie bereute es, Jhing nicht schon früher gefunden zu haben. So hätten sie die Hitze des Sommeranfangs umgehen können. *Keinen Deut besser als in New Orleans*, merkte sie gedanklich an. Sie warf einen seitlichen Blick auf Moreau, der mit Sonnenbrille bewaffnet und wieder in einem seiner teuren Anzüge das Gepäck trug und nicht so aussah, als ob er ins Schwitzen kommen würde. Lei nahm es ihm übel. Aber so viel wusste sie über Vampire: Hohe Temperaturen oder Luftfeuchtigkeit waren kein Problem für sie. Im Gegenteil, es war die Sonne, die ihnen immer noch gefährlich werden konnte. Mit der dicken Wolkendecke, die tief über der Stadt lag, nahm Lei allerdings nicht an, dass Moreau heute noch in Flammen aufgehen würde. Würde er das überhaupt, wenn er zu viel Zeit in der Sonne verbrachte? Sie hatte noch keinen Vampir gesehen, der wegen hoher Sonneneinstrahlung Feuer gefangen hatte. Die Aschehaufen, die sie schon einmal gesehen hatte, waren eher auf Brandbeschleuniger und ein Feuerzeug zurückzuführen.

103

Moreau seufzte, und Lei drehte sich zu ihm um. „Was hat das Missfallen Eurer Hoheit diesmal wieder erregt?" Sie ging absichtlich etwas weiter vor ihm, um ausweichen zu können, sollte er doch noch irgendwie angreifen wollen. Ihre Lippen verzogen sich allerdings zu einem Grinsen. Er hatte sich den ganzen Flug über beschwert - darüber, dass die Sitze unbequem waren, dass das Servicepersonal nur Blutkonserven serviert hatte, dass das alles zu lange dauerte, und darüber, dass sie nach Mexiko-Stadt flogen statt direkt nach Oaxaca. Auch wenn es sein Vorschlag gewesen war, da sie mit dem Auto leichter unerkannt nach Oaxaca fahren konnten, als wenn sie mit dem Flugzeug direkt dort ankamen. Behauptete er zumindest.

Selbst mit der Sonnenbrille, die seine Augen verschleierte, konnte sie den entnervten Blick sehen, den er ihr zuwarf. „Der Parkplatz der Mietwagenfirma, mit der wir fahren, ist am anderen Ende. Wir haben den falschen Ausgang genommen." Der Vorwurf in seiner Stimme war unüberhörbar.

„Wenn Sie etwas gesagt hätten, wäre das nicht passiert", erwiderte sie in genauso vorwurfsvollem Ton. Sie blieb stehen, Moreau lief beinahe in sie hinein und legte den Kopf schief. Lei verschränkte die Arme vor der Brust.

„Habe ich. Aber Sie waren wohl zu beschäftigt damit, sich einen Schlachtplan auszudenken. Hoffe ich zumindest. Und jetzt gehen Sie mir aus dem Weg. Wenn wir noch heute in Oaxaca ankommen wollen, sollten wir uns auf den Weg zum Wagen machen." Er schob sich an ihr vorbei, stieß dabei absichtlich mit ihrer Schulter zusammen. Lei blähte die Nasenflügel und atmete einmal tief durch, bevor sie ihm folgte. Die Götter wussten, dass Moreau es vermutlich verdient hatte, wenn sie ihm all die Dinge entgegenschmiss, die ihr gerade durch den Kopf gingen. Aber es würde die fast sechsstündige Autofahrt zu ihrem Ziel ziemlich ungemütlich machen. Und darauf hatte sie nun wirklich keine Lust.

Lei warf einen Blick in den Himmel und sah dann auf die Uhr. „Oaxaca ist gerade mal sechs Stunden entfernt. Wir haben Zeit, bis die Sonne untergeht. Nicht, dass ich denke, dass das groß einen Unterschied macht, bei der momentanen Wetterlage. Oder haben Sie Angst davor, sich einen Sonnenbrand einzufangen?"

„Darum geht es nicht. Ich würde es nur gerne vermeiden, durch einen Sturm zu fahren, bis wir in Oaxaca ankommen." Moreau blieb stehen, drehte sich aber nicht zu ihr um. In der Art, wie er den Rücken durchstreckte, erkannte sie, dass er genauso wenig Lust auf diesen Streit hatte wie sie. *Schön. Dann eben nicht.*

„¿Ustedes van a Oaxaca? Es muy peligroso. Cuídense, por favor", sagte eine Stimme plötzlich von der Seite. Lei drehte den Kopf und sah einen Mann, der in T-Shirt und Jeans im Schatten der Mauer lehnte.

„Bitte? Ich spreche kein Spanisch." Obwohl sie von dem Tonfall des Mannes durchaus ableiten konnte, dass er eine Warnung ausgesprochen hatte. Sie runzelte die Stirn und musterte ihn. Er trug keine Jägeruniform oder sonst irgendwelche sichtbaren Anzeichen, die ihn als nicht menschlich ausweisen würden. Das Grinsen, das sich auf seinem Gesicht ausbreitete, kam ihr allerdings definitiv wölfisch vor.

Der Mann stieß sich von der Wand ab und kam auf sie zu. „Entschuldigen Sie bitte. Ich meinte nur, dass Sie vorsichtig sein sollen, wenn Sie nach Oaxaca wollen. In der Stadt geht es nicht mit ... rechten Dingen zu." Er sprach perfektes Englisch. Auch, wenn Lei einen leichten Akzent heraushören konnte, der ihr sagte, dass dieser Mann wohl aus der Gegend stammte. Andererseits sprach sie Englisch auch nicht akzentfrei.

Moreau schaltete sich in die Konversation ein, indem er Lei am Arm nahm und weiterzerrte. In die Richtung des Fremden zischte er nur: „Wir werden schon auf uns aufpassen. Gracías." Lei lief ein Schaudern über den Rücken, als sie in Antwort auf Moreaus Worte nur ein Lachen hörte.

„Sagen Sie nicht, ich hätte Sie nicht gewarnt, wenn die Stadt Sie beißt", rief er ihnen noch hinterher. Als Lei sich umdrehte, war der Mann genauso schnell verschwunden, wie er aufgetaucht war. Sie schüttelte den Kopf, konzentrierte sich darauf, mit Moreau Schritt zu halten, der immer noch ihren Arm festhielt. Sie befreite sich aus seinem Griff, was er mit einem irritierten Blick quittierte.

„Was, wenn der Typ recht hat?" Moreau antwortete ihr aber nur mit einem abfälligen Schnauben und ging weiter. Sie war sich nicht sicher, ob er es so eilig hatte, weil er wirklich nicht bei einem Sturm auf der mexikanischen Autobahn feststecken wollte, oder ob die Worte des Fremden ihm ebenfalls eine Gänsehaut verursacht hatten. Hatte er dasselbe dumpfe Gefühl einer Vorahnung im Magen, dass diese Mission nicht ganz so leicht werden würde, wie sie? „Moreau, warten Sie!"

Er blieb nicht stehen, sondern stampfte weiter den gekennzeichneten Weg zum Parkplatz mit den Mietwagen entlang, ihrer beider Gepäck fest umklammert.

„*Damien*, warte", versuchte Lei es erneut. Und siehe da, er blieb tatsächlich stehen, drehte sich sogar zu ihr um. Eine Zornesfalte grub sich tief zwischen seine Augenbrauen. Lei fand, er sah lächerlich aus. Aber das würde sie ihm nicht jetzt sagen.

„Du glaubst doch wohl nicht ehrlich einem Fremden von der Straßenseite, der sich offensichtlich einen Spaß daraus macht, Touristen zu erschrecken und zu verunsichern, oder?" Sie konnte seinen Tonfall nicht wirklich deuten. Lag Wut in seiner Stimme? Oder war es doch irgendwie Angst? Irgendwo im Hinterkopf registrierte sie, dass sie beide jetzt alle Formalitäten fallen gelassen hatten und sich mit Vornamen ansprachen.

107

Sie schüttelte den Kopf. „Nein, aber du kannst mir nicht erzählen, dass du nicht auch deine Zweifel hast. Wir wissen nicht, was uns in Oaxaca erwartet ...“

„Ich weiß aber, dass es scheißegal ist, was diese Scheißstadt und die Verrückten, die dort leben, uns entgegenschleudern werden. Schließlich habe ich eine fähige Jägerin an meiner Seite. Oder meinst du etwa, dass ich mich in dir getäuscht habe?“ Sie musste seine Augen nicht sehen, um die Herausforderung zu erkennen, die darin lag. Er war genervt, hatte sehr wahrscheinlich Hunger und wollte diese Mission - genau wie sie - so schnell wie möglich zu Ende führen. Aber Lei glaubte nicht, dass er selbst keinerlei Zweifel hegte. Sie presste ihre Lippen zusammen, funkelte ihn zornig an, erwiderte aber nichts. Was er wiederum als Zeichen ihrer Zustimmung nahm. „Na, siehst du. Wir schaffen das schon.“ Er drehte sich wieder um und ging weiter. Lei folgte ihm schweigend und stieß ihm gedanklich Tausende Messer in den Rücken.

Die beiden schwiegen den Großteil der Fahrt über. Während Moreau am Steuer saß und sie die Autobahn entlangbretterten mit einer Geschwindigkeit, bei der Lei kontinuierlich daran dachte, dass zumindest sie sterben würde, sollte er einen Unfall bauen. Allerdings wollte sie es darauf nicht ankommen lassen. Sie beobachtete, wie die Landschaft an ihnen vorbeizischte und murmelte: „Wenn du uns umbringen willst, fahr ruhig weiterhin so schnell.“

108

Moreau antwortete nur mit einem verstimmten Grunzen, drosselte aber das Tempo, was Lei mit einem knappen „Danke" würdigte. Schlussendlich war das Einzige, was im Inneren des Wagens irgendwelche Geräusche machte, das Radio, das, auf einen Lokalsender eingestellt, Musik säuselte.

„Was passiert, wenn wir Jhing finden?" Sie starrte ihr Spiegelbild in dem Seitenspiegel an und verlor sich beinahe in ihrem eigenen Blick. Seit fast einem halben Jahr war sie selbst nun hinter Jhing her. Auch wenn der Großteil der Zeit darauf zurückzuführen war, dass ihre Vorgesetzten ihr keine Erlaubnis für die Mission erteilt hatten. Sie wusste zwar, was passieren würde, wenn sie dey erfolgreich zurück nach Lhasa brachte: Jhing würde vor Gericht gestellt und vermutlich entweder mit dem Tode bestraft werden oder für einige Jahrzehnte hinter Gitter kommen. Aber bis sie dey überhaupt gefunden hatte, war alles weitere nur Spekulation.

„Du nimmst dey fest, was denn sonst?", erwiderte Moreau, ohne den Blick von der Straße zu nehmen. Lei wollte ihm schon einen bösen Blick zuwerfen, musste allerdings einsehen, dass er recht hatte. Da war nur eine Kleinigkeit, die noch an ihr nagte.

„Was, wenn das nicht so einfach ist?"

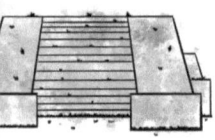

KAPITEL 12

Die Sonne war gerade dabei, von einer Gewitterwolke verschluckt zu werden, als sie ein Straßenschild passierten, das die nachfolgende Stadt als Oaxaca de Juárez auswies.

„Wir sind da." Damien stupste Lei mit der Hand gegen die Schulter, um sie aufzuwecken. Er hatte nicht wirklich mitbekommen, dass sie eingeschlafen war, bis er auf eine ihrer Fragen geantwortet hatte und von ihr keine schnippische Reaktion gekommen war. Jetzt hob sie den Kopf, rieb sich die Augen und sah sich verwirrt im Wagen um.

„Wir sind da?", entgegnete sie ihm schlaftrunken, die Augen nur einen Spalt geöffnet. Es war das erste Mal, dass er eine Jägerin aufgeweckt hatte, und ihn verwunderte die Verwundbarkeit, die sie gerade ausstrahlte. Es wäre ein Leichtes, ihr jetzt einfach schnell das Genick zu brechen. Auch wenn er dann einen Autounfall bauen und vermutlich in den Gegenverkehr krachen würde. Er blinzelte und richtete den Blick wieder starr auf die Straße und den Verkehr vor ihnen. Den Gedanken, der ihn etwas beunruhigte, schob er in den hintersten Winkel seines Gehirns.

„Wir haben gerade die Stadtgrenze passiert." Es war definitiv mehr los im Stadtgebiet als auf der Autobahn.

110

Der Verkehr war zwar nicht gänzlich zum Erliegen gekommen, aber inzwischen kamen sie nur im Schritttempo voran. Ein Blick auf die Digitaluhr des Radios, und Damien wurde klar, warum. Es war knapp nach 18 Uhr, sie hatten es genau in die Rushhour geschafft, während die meisten Leute auf dem Heimweg raus aus der Stadt waren oder in die Stadt, um sich dort die Zeit zu vertreiben. Aus dem Augenwinkel sah er, dass Lei sich umdrehte und die Stirn runzelte. „Was ist?"

„Ich bin mir zwar nicht ganz sicher, aber ich glaube, der Wagen etwas weiter hinter uns ist vorhin an uns vorbeigefahren." Sie drehte sich wieder nach vorne. Damien konnte sich gerade nicht umdrehen, aber er sah auch so durch den Rückspiegel deutlich den oberen Teil des schwarzen SUVs, der den Wagen direkt hinter ihnen überragte.

„Ist nur die Frage, wer uns da verfolgt. Jäger? Das Kartell? Werwölfe?" Er versuchte, so ruhig wie möglich weiterzufahren.

„Das könnte jeder sein, und sie müssen auch nicht unbedingt hinter uns her sein. Wenn sie es sind, frage ich mich nur, woher sie wissen, dass wir in Mexiko sind", sagte Lei. Damien wollte ihr beipflichten, war sich allerdings sicher, dass die Jäger für ihn eine größere Gefahr darstellten als für sie. Das wussten sie beide. Lei schien gerade allerdings eine Eingebung zu haben, wer ihr Ziel und ihre Ankunft weitergegeben haben könnte.

„Der Typ am Flughafen?" Für seinen Vorschlag erntete er einen überraschten Blick.

„Daran habe ich auch gerade gedacht. Wer sonst weiß, dass wir hier sind?"

Damien legte den Kopf schief. „Nun ja ... Da wären noch die ganzen Mitarbeiter am Flughafen in New Orleans und in Mexiko-Stadt. Allerdings denke ich, dass der komische Typ vom Flughafen die sicherste Wahl ist."

„Und was machen wir jetzt?", wollte Lei wissen, während er mitbekam, wie sie ihr Gewicht verlagerte. Er hatte ganz vergessen, dass sie ihre Glock in ein verstecktes Holster gesteckt hatte, nachdem sie den Flughafen verlassen hatten. Jetzt schwebte ihre Hand an dem Holster unter ihrem langärmeligen Hemd, das sie über ein Tanktop geworfen hatte. Es verdeckte die Waffe nicht ganz, aber Damien glaubte, dass das auch der Sinn des Ganzen war. Zu projizieren, dass sie bewaffnet war, ohne die Pistole in der Hand zu halten.

„Was sollen wir schon machen? Wir fahren weiter zum Hotel. Vielleicht haben die Leute in dem Wagen sich auch bloß verfahren." *Was ich nicht glaube* ... Lei atmete einmal tief durch, sagte jedoch nichts weiter. Er merkte allerdings, dass ihr ganzer Körper noch immer angespannt war, die Hand lag inzwischen am Holster. Sie hielt sich bereit, sollte es zu einem Kampf kommen. Komischerweise gab ihm das ein Gefühl der Sicherheit. Er war seit Jahrzehnten nicht ohne Malone oder eine

112

andere Begleitung seines Clans unterwegs gewesen. Lei selbst war auch nicht die risikobefreiteste Wahl.

Der schwarze SUV war beständig hinter ihnen wie eine nervige Klette, die sich einfach nicht abschütteln ließ, während Damien weiter zum Hotel fuhr. Immer wieder warf er einen Blick in die Rückspiegel, und während er sich sagte, dass es irgendwie doch beruhigend war, wenn die Personen im Wagen so konstantes Interesse an ihnen zeigten, konnte er die Panik, die in ihm aufstieg, nicht unterdrücken. Er versuchte, wie so oft, sich hinter einer Sonnenbrille, einem maßgeschneiderten Anzug und einem kalten Äußeren zu verstecken. Und trotzdem fühlte er sich wieder wie ein kleiner Junge, wenn sein Vater einen Schuldigen für irgendetwas suchte, das schiefgegangen war, und diesen in ihm fand. Nur blieb ihm dieses Mal nichts anderes übrig, als ruhig und gemächlich auf den Hotelparkplatz abzubiegen, als sie endlich ankamen.

Leis eigene Anspannung half ihm nicht dabei, sich zu beruhigen. Er parkte den Mietwagen, stellte den Motor ab und zögerte. Seine Hand schwebte über der Schnalle des Sicherheitsgurtes, während er im Rückspiegel sah, dass der SUV direkt hinter ihnen hielt. Quer, damit sie ja nicht aus der Parklücke herausfahren und flüchten konnten. Er wandte sich zu Lei um, die ihn nicht aus den Augen ließ. Die Sorge stand ihr ins Gesicht geschrieben, und er versuchte, sie mit einem Lächeln zu beruhigen. Was, ihrem Gesichtsausdruck nach, überhaupt nicht gelang.

„Dann wollen wir mal." Er schnallte sich ab und stieg aus dem Wagen aus. Sofort ergriff ihn ein Paar Hände, zerrte ihn vom Auto weg, drehte ihn um und presste ihn dann mit dem Gesicht gegen die Motorhaube des nächsten Wagens. „Wissen Sie, das ist echt unhöflich, einen Touristen nicht nur bis zum Hotelparkplatz zu verfolgen, sondern ihn auch noch gegen das Auto zu werfen. Hey!"

Die Person, die ihn gepackt hatte, drehte ihm die Hände auf den Rücken, und er spürte das kalte Metall der Handschellen, bevor sie sich mit einem Klicken schlossen. „Usted están arrestado por crímenes contra el pueblo mexicano", sagte eine männliche Stimme, und er wurde an der Schulter gepackt und wieder hochgezerrt.

Lei war inzwischen ebenfalls aus dem Wagen gesprungen und versuchte, an einem weiteren Mann in schwarzer Militärmontur vorbeizukommen. „Hey, Sie können ihn nicht einfach so mitnehmen", schleuderte sie dem Mann entgegen, der Damien zum schwarzen SUV bugsierte. Sie trommelte mit der Faust gegen die Brust desjenigen, der sie blockierte, und wiederholte, dass sie das nicht tun konnten.

Damien ließ sich währenddessen zum Wagen schleifen. Er versuchte halbherzig, sich aus dem Griff zu befreien, warf dann allerdings Lei zu, bevor er in den

Passagierraum des SUVs gestoßen wurde: „Lass es, Lei. Sie werden mich schon nicht umbringen."

Bevor die Wagentür zugestoßen wurde, hörte er noch, wie Lei ihm hinterherrief: „Ich hol dich da wieder raus, keine Sorge!"

Er konnte nicht sehen, wohin sie fuhren, aber inzwischen hatte er erkannt, dass er es hier mit der lokalen Jägertruppe zu tun hatte. Die, wenn die Gerüchte stimmten, durchaus öfter mit dem Molina-Kartell zusammenarbeiteten. Er unterdrückte ein genervtes Seufzen. Natürlich würde die Suche nach Jhing nicht so einfach werden. Ob die Jäger wussten, dass er mit Flor Kontakt gehabt hatte? Dass sie im Kreise ihrer eigenen Art ihr Ende gefunden hatte? Oder ging es hier ausschließlich um Jhing? Nur – woher sollte Jhing wissen, dass Damien ebenfalls hinter denen her war? Er hatte sich, soweit es ging, von dem anderen Vampir ferngehalten, da dey ihm schlicht ein unangenehmes Gefühl gab. Damien waren die meisten Menschen vielleicht egal, aber Jhing trieb das Desinteresse an menschlichen Leben - sofern sie kein Futter waren - noch an die Spitze. Was nicht erklärte, warum dey dann offensichtlich immer wieder Kinder verwandelte. War es ein verwehrter Kinderwunsch? Oder schlicht die Tatsache, dass dey jemanden brauchte, der erzählte, was in einem Dorf passiert war, wenn dey fertig damit war und weiterzog?

115

Damiens Grübeleien wurden jäh unterbrochen, als der Wagen zum Stehen kam. Der Jäger, der ihn schon in den SUV gestoßen hatte, öffnete die Wagentür, steckte den Kopf in den Passagierraum und sagte dann: „Bájese." Als Damien nicht gehorchte, packte der andere Mann ihn schlicht am Arm und zerrte ihn unter Protesten aus dem Wagen. Er kam strauchelnd auf einem Parkplatz zum Stehen und blinzelte erst mal, bis er seine Orientierung wiedergefunden hatte.

Das Gebäude vor ihm könnte als klassisches Bürogebäude durchgehen, wäre da nicht das offizielle Logo des Ministeriums über der Tür - das Motto diesmal auf Spanisch. Aber auch so wusste er, dass er ziemlich tief in der Scheiße steckte. Vielleicht würde Lei noch rechtzeitig kommen und ihn da wieder rausholen ... Damien schnaubte und erntete dafür einen Schubs von dem anderen Jäger. Dass er jemals auf die Hilfe einer Jägerin hoffen würde! *Wie weit bist du gefallen ...*

„Muévase", grummelte der Jäger und schubste ihn wieder. Damien knurrte als Antwort, setzte sich aber in Bewegung. Er wollte nicht wissen, was passierte, wenn er sich widersetzte. Die Jäger könnten auf die Idee kommen, ihre Waffen zu ziehen und doch noch zu schießen.

„Was haben Sie eigentlich mit mir vor? Stecken Sie mich in den nächsten Flieger zurück in die USA? Oder erschießen Sie mich doch hier und lassen meine Leiche irgendwo in einem Graben zurück?" Seine Eskorte begleitete ihn zum Haupteingang des Gebäudes. Weißer Beton mit eingefrästen Verzierungen baute sich vor ihm auf, das Ministeriumslogo blitzte in Messing in der untergehenden Sonne, die sich doch noch hinter den Wolken hervorgekämpft hatte.

Er erhielt keine Antwort von dem Jäger hinter ihm, allerdings kam eine aus den Schatten des Haupteingangs. „Señor Moreau, wir wollen bloß mit Ihnen sprechen." Die Jägerin trat aus den Schatten in das Licht des Sonnenuntergangs. Die traditionelle mitternachtsblaue Uniform mit schwarzen Akzenten und dem Logo des Ministeriums auf dem linken Oberarm. Eine Glock steckte in einem Oberschenkelholster. Ihre blondierten Haare hatte sie zu einem Pferdeschwanz zusammengebunden.

Er zog eine Augenbraue hoch. „Und Sie sind?" Die Jägerin vor ihm deutete seiner Eskorte, die Handschellen zu öffnen. Er seufzte leise, als die metallenen Fesseln gelöst wurden und er seine Handgelenke massieren konnte, bedankte sich aber nicht.

„Téofila Ortiz. Eine der Jägerinnen hier in Oaxaca, wie Sie unschwer erkennen können. Kommen Sie, Señor, folgen Sie mir." Ortiz drehte sich um und ging, ohne sich zu vergewissern, dass er ihr auch folgte, die Stufen hoch zum Haupteingang. Damien verdrehte die Augen. Er hasste es, wenn Jäger davon ausgingen, dass er sofort das tun würde, was sie von ihm verlangten. Es wäre ein Leichtes, sich jetzt auf sie zu stürzen und ihr

117

das Genick zu brechen. Aber damit hätte er sein Schicksal besiegelt und würde garantiert erschossen werden. Wenn sie nur mit ihm reden wollten, wie Ortiz gesagt hatte, würde er die Chance nutzen, um Lei etwas Zeit zu verschaffen. Wieder schüttelte er über sich selbst den Kopf. Vielleicht hatte sein Aufeinandertreffen mit Flor ihn schwächer gemacht. Vielleicht hatte es aber auch nur einen Teil von ihm aufgeweckt, der zu lange geschlafen hatte. Ohne sie hätte er nicht angefangen, an einem Plan zu arbeiten, um seine Stadt endlich von Josephines Einfluss zu befreien. Ohne sie wäre er allerdings auch nicht im Begriff, das Jäger-Hauptquartier in einer fremden Stadt zu betreten und zu hoffen, dass jemand kam, um ihn zu retten.

 # KAPITEL 13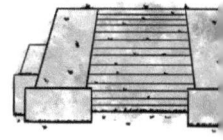

Lei stellte den Mietwagen nicht unweit vom Jäger-Hauptquartier ab. Sie atmete noch einmal tief durch, bevor sie ausstieg. Sie konnte nicht glauben, dass sie wirklich drauf und dran war, ihre eigene Karriere für einen Vampir aufs Spiel zu setzen. Noch dazu für jemanden wie Damien Moreau, der schon genug Dreck am Stecken hatte. Aber es gab kein Zurück. Sie hatte einen Deal mit dem Teufel abgeschlossen - und Lei war nicht die Sorte Mensch, die einen Rückzieher machte, wenn die Situation brenzlig aussah.

Sie umklammerte ihre Erkennungsmarken, die wie gewöhnliche Erkennungsmarken im Militär an einer Aluminiumkette um ihren Hals hingen. Sie hatte sich nicht vor der Einreise als Jägerin angemeldet. Soweit ihre Leute daheim wussten, war sie immer noch in New Orleans, lief in eine Sackgasse nach der anderen. Außer Josephine hatte Bescheid gesagt, dass sie die Stadt verlassen hatte. *Und dass ich in ihrem Büro geschnüffelt habe.*

Mit rasendem Herzen in der Brust ging Lei auf den Haupteingang zu. Bevor sie allerdings bei der Tür ankam, trat ihr einer der Jäger in den Weg, die vorhin Damien verhaftet hatten. Als sie ihn sich genauer ansah,

119

erkannte sie ihn als den Mann, der Damien in den schwarzen SUV geschoben hatte.

„¿Qué quieren?" Er baute sich vor ihr auf, versperrte ihr den Durchgang. Lei funkelte ihn grimmig an. Sie sprach kein Spanisch, aber das wusste er vermutlich. Das Ganze hier war nur eine Schikane, ein Schauspiel, um zu sehen, ob sie aufgeben würde oder nicht. Nur gab Lei nicht so leicht auf. Sie hätte auch einfach auf dem Absatz kehrtmachen und sich allein durch Oaxaca de Juárez schlagen können. Irgendwann würde sie Jhing schon finden, auch ohne Damien an ihrer Seite. Aber sie würde nicht weggehen.

„Ich bin hier, um den Vampir abzuholen, den ihr vorhin gekidnappt habt." Sie antwortete auf Englisch. Der Jäger vor ihr stutzte über ihre Wortwahl. Immerhin waren sie doch beide Exemplare derselben Sorte Mensch. Und Jäger bemühten sich normalerweise auch nicht, einen Vampir aus dem Arrest herauszuholen.

„Der ... Blutsauger muss für seine Verbrechen geradestehen. El es el responsable. Y los responsables reciben lo que se merecen", entgegnete der Mann teils auf Englisch mit starkem Akzent. Er starrte sie ebenso entschlossen an wie sie ihn. Er würde keinen Zentimeter von dieser Tür weggehen, solange er glaubte, dass er das Richtige tat. Vielleicht war es auch das Richtige, Lei wusste nicht mehr, auf welcher Seite sie wirklich stand. Allerdings hatte sie jetzt auch keine Zeit für eine Sinnkrise, egal wie groß diese ausfallen würde. Lei runzelte die Stirn und löste ihren Blick kurz von seinem, während sie ihr Hirn nach einer Lösung durchwühlte. Dann fiel ihr etwas ein, was sie in Josephines Büro gelesen hatte. *Das Pilotprojekt!*

„Das mag ja durchaus sein, aber ich bin auf Mission hier, und Moreau ist mein Partner. Sie haben doch sicher auch hier in diesem ... Kaff im Dschungel von dem neuen Pilotprojekt gehört, oder?", knurrte sie schließlich.

Der Mexikaner, dessen Haut im Halbschatten und dem Licht der untergehenden Sonne einen dunklen goldbraunen Ton angenommen hatte, starrte sie aus zusammengekniffenen Augen von oben herab an. Aber er bewegte sich weiterhin keinen Zentimeter. Bis hinter ihm die Tür aufging und einer der anderen Jäger von vorhin hervortrat. Er legte dem Mann vor Lei eine Hand auf die Schulter und nickte. „Pacho, déjala. Ortiz ha dicho que ella puede pasar."

Pacho warf Lei einen zweifelnden Blick von der Seite zu, ging ihr dann aber doch aus dem Weg. Sein Gesichtsausdruck sagte ihr allerdings eindeutig, dass er sie nicht aus den Augen lassen würde, wenn sie wieder herauskam. Fehlte nur noch, dass er die passende Geste mit seiner Hand dazu machte. Lei erwiderte seinen Blick mit einer trotzigen Grimasse, für die sie von Zhao eine Predigt erhalten hätte, warum es einer Jägerin ihres Alters nicht ziemte, so etwas zu tun. Dann folgte sie dem anderen Jäger, der bereits wieder durch die doppelflügelige Glastür gegangen war.

„Kommen Sie, ich bringe Sie zu Señor Moreau. Tut mir leid, falls es da ein Missverständnis gab. Wir wussten nicht, dass er Teil des Pilotprojektes ist." Der zweite Jäger führte sie durch die Eingangshalle und links einen fensterlosen Gang mit mehreren Türen hinunter. *Ist er eigentlich auch nicht,* dachte Lei, erwähnte es aber lieber nicht.

Stattdessen erwiderte sie: „Wir sind auch noch nicht sehr lange Partner. Wurde erst diese Woche entschieden." Sie konnte das Gesicht des Jägers nicht sehen, allerdings war sein Seufzer der Erleichterung vielsagender. *Der Typ an der Tür hätte mich am liebsten in den Boxring geschleift, als mich durchzulassen, und der hier macht sich fast in die Hose. Warum?* Sie war nicht Josephine, und sie genoss auch nicht denselben Ruf wie Zhao. Während Lei so darüber nachdachte und der mexikanische Kollege sie weiter den Gang entlangführte, fiel ihr ein, dass Kristin bei Leis Ankunft ähnlich reagiert hatte. Auch wenn die andere Jägerin ihre Reaktion gekonnt mit ihrer überschwänglichen Herzlichkeit überspielt hatte. Der Jäger blieb vor einer Tür stehen, und Lei musste ein entnervtes Stöhnen unterdrücken, als ihr der Grund für seine Nervosität dämmerte. *Nicht schon wieder irgendeine dämliche Verschwörung. Bitte.* Ging er etwa davon aus, dass sie eigentlich auf Geheiß des internationalen Rates hier war und Korruptionsvorwürfe untersuchen wollte?

Ihr Kollege legte die Hand an den Türknauf und drehte sich zu ihr um. „Ihr ... Partner ist im anderen Raum. Jägerin Ortiz unterhält sich gerade mit ihm.

Sollte aber nicht mehr lange dauern. Wenn Sie möchten, können Sie reinkommen und zusehen." Der Blick, den er ihr dabei zuwarf, sollte wohl aussagen: *Wenn Sie Ihrem Partner nicht vertrauen, kommen Sie herein. Setzen Sie sich.* Lei seufzte und zögerte kurz. Dann nickte sie aber. Vielleicht konnte sie so noch etwas Nützliches über Damien erfahren. Der andere Jäger öffnete die Tür und trat ein, Lei folgte ihm, ohne ein weiteres Wort zu sagen. Sollte er doch von ihr denken, was er wollte. Wenn die Jäger von Oaxaca versuchen wollten, irgendwie Misstrauen zwischen ihr und Damien zu säen, dann mussten sie sich ranhalten. Sie traute dem Typen nicht über den Weg. Er hatte ihr bis jetzt geholfen, aber er konnte sie immer noch an Josephine verraten. Immerhin hatte sie ihren Teil ihrer Abmachung erledigt. Was also konnten diese Jäger hier an neuen Informationen für sie bereithalten, die an ihrer Situation irgendetwas ändern konnten? Sie brauchte Damien. Zumindest redete sie sich das ein.

Der Raum, in dem sie sich jetzt befand, war ein gewöhnliches Beobachtungszimmer, das mit Videokameras, Mikrofonen und einem Einwegspiegel an den Verhörraum nebenan anschloss. Ortiz saß im nächsten Zimmer mit dem Rücken zum Spiegel, Damien ihr gegenüber. Gerade lehnte er sich etwas vor, die Hände auf dem Tisch vor sich gefaltet, und sagte mit unüberhörbarem Nachdruck: „Ich habe Ihnen doch schon gesagt, dass ich nicht weiß, was mit Flor Lozano geschehen ist. Ich habe sie in die Obhut von Josephine Bonnet gegeben, in der Annahme, dass die

123

Jägerkoordinatorin sich darum kümmern wird, die junge Dame wieder nach Hause zu schicken. Dort, wo sie hingehört."

Lei konnte das wissende Lächeln kaum unterdrücken. Damien traute den Jägern hier genauso wenig über den Weg wie sie. Was auch kein Wunder war, wenn sie bedachte, wie sie ihn behandelt hatten. Er log. Warum? Um sich und Lei zu schützen? *Könnte sein.* Sie sah flüchtig zu dem anderen Jäger, der mit ihr im Beobachtungsraum stand. Ob sie das hier eingefädelt hatten, um herauszufinden, ob Damien sie anlog? Wenn dem so wäre, musste Lei ihnen einiges an Bewunderung zugestehen.

Ortiz seufzte, richtete sich in ihrem Sessel auf. „Wenn Sie darauf bestehen, dass das der korrekte Ablauf der Geschehnisse ist, dann werde ich Sie nicht weiter deswegen behelligen. Ihre Partnerin wartet schon auf Sie."

Lei konnte sehen, wie Damien kurz stutzte, als Ortiz sie als seine Partnerin bezeichnete. Aber er überspielte das gekonnt mit einer hochgezogenen Augenbraue und einem „Ach, wirklich? Sie lassen mich endlich gehen?" an seine Gesprächspartnerin. Erneut warf Lei einen Blick auf den Jäger, der schräg hinter ihr im dunklen Raum stand. Er erwiderte ihren Blick, lächelte sie an, und sie lächelte zögernd zurück.

„Das war dann wohl ein kurzes Vergnügen." Lei wandte sich wieder der Tür zu, während Damien im anderen Raum ebenfalls aufstand und sein immer noch makelloses Jackett zuknöpfte.

„Das war es. Aber vielleicht kreuzen sich unsere Wege ja wieder. Planen Sie, noch lange in Oaxaca zu bleiben?" Der andere Jäger hielt ihr die Tür offen. Damien wartete bereits mit Ortiz auf dem Gang auf sie. Ein Schatten der Verwirrung huschte über sein Gesicht, der sich aber schnell wieder legte.

Sie versuchte ihm möglichst unauffällig mit einem Blick zu bedeuten, dass er einfach mitspielen sollte. „Das kommt ganz darauf an", antwortete Lei dann mit einem Lächeln über die Schulter.

„Auf was?" Der andere Jäger schloss die Tür wieder hinter sich. Am liebsten hätte Lei ihm an den Kopf geworfen, dass ihn das einen feuchten Scheißdreck anging, aber sie ermahnte sich, höflich zu bleiben. Schließlich wollten sie nicht noch mehr Aufmerksamkeit erregen.

„Auf das Wetter", meinte sie endlich. Das Lächeln immer noch auf ihren Lippen, allerdings inzwischen mehr bittersüß und falsch als ehrlich und ernst gemeint. Sie schloss zu Damien auf, der nur kurz ihren Arm berührte.

Ortiz schaltete sich endlich ein und drängte sich zwischen Lei und Damien hindurch. „Cecilio, déjalos en paz."

Cecilio zuckte nur mit den Schultern und runzelte die Stirn. „¿Qué?" Lei war klar, dass er offensichtlich gerade nicht verstand, warum er ermahnt wurde. Ortiz schien einen höheren Rang einzunehmen als er. Was erklären würde, warum er der Laufbursche war und Lei am Eingang abgeholt hatte, während Ortiz Damien verhört hatte.

„Retente a tú mismo." Ortiz wandte sich ihnen nun zu. „Señora … Xi, richtig?" Sie hauchte Leis Nachnamen mehr als dass sie sich wirklich bemühte, ihn richtig auszusprechen, aber Lei beschloss, es dieses eine Mal einfach zu ignorieren. Hätten sie die Zeit gehabt, hätte Lei sie auf die richtige Aussprache hingewiesen. Hatten sie aber nicht. Also nickte sie nur. Ortiz streckte ihr eine Hand entgegen. „Es tut mir aufrichtig leid, dass wir Ihren Partner so behandelt haben. Sie haben sich Ihre Ankunft in Oaxaca bestimmt anders vorgestellt. Kommen Sie, ich bringe Sie beide wieder zur Tür."

„Na ja, jetzt wissen Sie es ja besser. Ich hoffe, das kommt nicht wieder vor." Lei warf einen kurzen Blick auf Damien, der immer noch sein Gesicht so verzerrte, als hätte er vor einer Sekunde in eine Zitrone gebissen. Als er ihr nur grimmig zunickte, schüttelte sie Ortiz' Hand und bemühte sich um einen neutralen Gesichtsausdruck. Sie konnte bis zu einem gewissen Grad verstehen, wie Damien sich gerade fühlte. Momentan wollte sie nur so schnell wie möglich hier raus. Sie zog ihre Hand zurück und wartete darauf, dass

126

Ortiz sich in Bewegung setzte. Die stand allerdings immer noch scheinbar unschlüssig vor ihnen.

„Sie wollten uns den Weg zur Tür zeigen, Señora Ortiz", meldete Damien sich jetzt endlich zu Wort. Das schien die andere Jägerin mit den blondierten Haaren aus ihrer Starre zu reißen.

„Äh, ja. Sicher. Folgen Sie mir", murmelte sie und führte sie endlich den Gang zurück, den Lei vor wenigen Minuten noch gegangen war. Lei tauschte einen verwirrten Blick mit Damien. *Was war das gerade?*

Die drei verfielen in für Lei unangenehmes Schweigen. Ortiz schien in Gedanken ganz woanders zu sein, und Lei hütete sich, ihre Mission und das weitere Vorgehen mit Damien zu besprechen, während sie in der Nähe war. Pacho, der Lei vorhin den Zutritt verweigert hatte, bis andere Anweisungen gekommen waren, stand immer noch am selben Fleck. Die Arme hinter dem Rücken verschränkt, verengten sich seine Augen, als er Lei mit Damien im Schlepptau durch die Tür kommen sah. Sie zwinkerte ihm zu. Nur zu gerne hätte sie ihm gezeigt, was sie wirklich von ihm und seinem Verhalten hielt, aber sie wollte nicht noch mehr Probleme heraufbeschwören.

„Wo hast du den Mietwagen abgestellt?" Damien hielt die Hand auf. Er ging offensichtlich davon aus, dass er mit Fahren an der Reihe war. Lei rollte mit den Augen,

127

schüttelte kurz den Kopf und rückte den Autoschlüssel heraus.

„In einer der Seitengassen, links um die Ecke." Damien neigte seinen Kopf in einem stummen „Danke". Sie quittierte die Reaktion mit einem bloßen „Mhm" und wandte sich dann an Ortiz. „Vielen Dank, dass Sie uns wieder nach draußen begleitet haben. Und ich hoffe, dass unser nächstes Treffen unter erfreulicheren Umständen stattfindet." Sie nahm Damien am Arm und wandte sich zum Gehen, als sie eine Hand an der Schulter spürte.

„Warten Sie. Ich begleite Sie noch zu Ihrem Wagen." Ortiz zog eine Grimasse, die Lei zweifeln ließ, dass sie versuchte, sich zu entschuldigen und ihr vorheriges Verhalten wettzumachen; eher kam Lei sich unter Beobachtung vor. Besonders da Pacho noch immer bei der Tür stand und sie nicht aus den Augen ließ.

Damien wollte etwas erwidern, aber Lei stoppte ihn, indem sie kurz seinen Arm drückte. „Natürlich. Danke schön." Sie warf ihm einen ermahnenden Blick zu. Sie mussten die Fassade aufrechterhalten, dass sie Partner im neuen Pilotprojekt waren. Dass sie hier nur zur Durchreise waren. Immerhin hatte sie ihre Mission nicht vorher angemeldet. Geschweige denn ihre Ankunft. Ohne den Fremden am Flughafen hätten sie sich dieses ganze Theater auch erspart.

Während Lei sie zum Mietwagen um die Ecke lotste, versuchte sie krampfhaft, mit Ortiz Small Talk zu halten. Nicht nur, um weiterhin den Anschein zu wahren, dass alles normal war, sondern auch, um die Lage in Oaxaca abzuschätzen. Sie konnte sich dunkel erinnern, dass es vor einiger Zeit einen Vorfall mit den Werwölfen gegeben hatte, allerdings hatte sie nie Details erfahren.

Endlich beim Wagen angekommen, drehte sie sich ein letztes Mal zu Ortiz um. Jetzt war ihre Chance, um nachzufragen, was es mit den Werwölfen im Ort auf sich hatte. „Wissen Sie, Señora Ortiz, ich erinnere mich dunkel, von einem Vorfall mit Touristen und dem lokalen Werwolfrudel gelesen zu haben. Wenn ich mich recht erinnere, war das letztes Jahr?" Lei wusste, dass der Fall, an den sie sich erinnerte, nicht vom letzten Jahr war. Gemessen daran, wie Ortiz' Augenlid kurz zuckte, musste es allerdings mehr Probleme gegeben haben als den einen Fall, an den Lei sich erinnerte.

„Sie meinen bestimmt den Vorfall in Monte Albán aus 2012. Schrecklich. Der Tourist, der damals von den Wölfen angefallen wurde, ist ja leider letztes Jahr verstorben. Wir versuchen gerade, den Fall komplett abzuschließen." Ortiz trat nervös von einem Bein auf das andere, und Leis Verdacht, dass weit mehr dahintersteckte als ein tragischer Unfall mit einem Touristen, verhärtete sich. Vielleicht hatte ihr Bauchgefühl sie ja doch nicht getäuscht. Und die Situation hier war genauso wie in New Orleans - Jäger, die Handel mit den anderen Spezies eingingen, um ihre eigenen Ärsche zu retten.

129

„Ja, das kann sein. Wirklich tragisch, so etwas. Nun denn. Danke für die Begleitung." Damien entsperrte währenddessen den Wagen und stieg auf der Fahrerseite ein.

„Keine Ursache. Und ich bitte noch mal vielmals um Entschuldigung." Lei fand, dass Ortiz nahe dran war, sich zu verbeugen oder vor ihr auf die Knie zu fallen und um Verzeihung zu bitten. Sie lächelte nur, winkte ab und öffnete dann die Beifahrertür des Wagens, um einzusteigen. Ortiz hielt sie aber erneut davon ab, endlich von hier wegzukommen. „Seien Sie bitte vorsichtig. Und halten Sie sich von Monte Albán fern. Die Gemüter sind gerade genug gereizt. Da müssen wir nicht noch eine unbekannte Jägerin und einen fremden Vampir in die Runde werfen."

„Keine Sorge, wir passen schon auf uns auf", versicherte Lei und stieg endlich ein. Damien startete den Wagen und fuhr los. Sie waren fast wieder beim Motel am Stadtrand angekommen, als er endlich fragte: „Monte Albán ist unser erster Stopp morgen, nehme ich an?"

„Richtig."

KAPITEL 14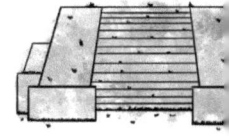

Leis ruhiger Atem, ihr Herzschlag und das Ticken der Uhr an der Wand waren die einzigen Geräusche im Hotelzimmer, während Damien im zweiten Einzelbett saß und den Kopf gegen die Wand lehnte. Der Hunger nagte an ihm. Die Jäger hatten ihm zwar einen Becher einer Blutkonserve angeboten, aber das war nicht annähernd genug, um seinen Hunger wirklich langfristig zu besänftigen. Dazu kam noch die Distanz zu seinen Spendern, das Blutsband, das in seinem gesamten Körper dumpf pulsierte. So musste es sich wohl für Menschen anfühlen, wenn sie sich mitten im Drogenentzug befanden. An Schlaf war nicht zu denken.

Stattdessen fummelte Damien unbefriedigt am kratzigen Motel-Kopfkissen und lauschte Leis Herzschlag und den Geräuschen der Stadt auf der anderen Seite der Tür. Er könnte doch einfach ...? Nein, damit würde er nicht nur sich selbst unnötig in Gefahr bringen, sondern Lei schutzlos zurücklassen. Obwohl er davon überzeugt war, dass sie sich sehr wohl selbst verteidigen konnte, hatte er ihr ein Versprechen gemacht. Und das würde er auch gerne halten. Aber er hielt es nicht länger aus, in diesem kleinen Raum eingesperrt zu sein, mit Beute neben ihm, die eben keine war.

131

Vorsichtig, um Lei nicht durch das Quietschen der Bettfedern aufzuwecken, stand Damien auf. Gerade, als er sich vom Rand seines Bettes erhob, ließ die Matratze doch ein „Eek!" ertönen, und er erstarrte. Er warf einen Blick über die Schulter, aber bis auf ein leichtes Grummeln drehte sich die Jägerin nur auf die andere Seite und schlief weiter. Er atmete erleichtert aus, nahm seine Schuhe und schlich zur Tür. Dort zögerte er. Sollte er Lei nicht vielleicht eine Nachricht hinterlassen, wo er hin verschwand? Nein. Er würde zurück sein, bevor sie aufwachte. Nur einen kleinen, nächtlichen Spaziergang durch Oaxaca de Juárez und, hoffentlich, einen Snack am Weg zurück. Kein Grund, um sie mit einem kleinen Zettel zu verunsichern. Damien warf einen letzten Blick zurück auf Lei, die wieder friedlich im Tiefschlaf versunken war, dann huschte er durch die Moteltür in die Nacht hinaus.

Er schloss die Augen und sog die Gerüche der Nacht tief durch die Nase ein. Die Luft war noch warm von der Hitze des Tages, und der Gestank nach Abgasen vermischte sich mit den Gerüchen nach allerlei Gerichten, die die Menschen in ihren Häusern entweder für den nächsten Tag vorbereiteten oder für sich selbst kochten. Er ging am Rand des Daches in die Hocke, stützte sich mit einer Hand ab und legte den Kopf schief. Bis auf eine flackernde Laterne zu seiner Linken war die schmale Gasse unter ihm dunkel. Perfekte Bedingungen für die Jagd, sollte er Beute finden. Und doch war da dieses leichte Flattern in

132

seiner Magengegend. Sein Herz schlug schneller, pumpte Adrenalin durch seine Adern. Es war gefühlt eine Ewigkeit her, seit er richtig auf die Jagd gegangen war. Mit den Spendern, die ihm das Ministerium zuteilte, und den gelegentlichen Drinks, die er in einem seiner Clubs einnahm, hatte er es schlicht nicht mehr nötig, wie Batman mitten in der Nacht auf einem Dach zu sitzen, lauernd.

Sein Magen rumorte, ließ ihn unruhig werden. Ungeduldig warf Damien einen Blick auf seine Armbanduhr. Es war drei Uhr am Morgen. Ihm lief die Zeit davon. Mit einem Seufzer spannte er die Muskeln an, ließ den Dachvorsprung los und sprang hinunter in die Gasse. Er landete leichtfüßig, fast so leise wie eine Katze, wenn seine Schuhsohlen nicht ein leichtes Klatschen von sich gegeben hätten, als sie auf den Asphalt trafen. Wenn seine Beute nicht zu ihm kommen wollte, dann musste er zu ihr. Hier gab es doch sicher noch eine Bar oder einen Club, die jetzt noch offen hatten, mit vielen verschwitzten Menschenkörpern, die sich in der schummrigen Beleuchtung des Etablissements eng aneinanderpressten, sich im Rhythmus der Musik wiegten, gefangen in der Ekstase, die die Mischung aus Alkohol, der späten Stunde und dem Tanzen mit sich brachte. Die perfekten Jagdgründe, um nicht aufzufallen – denn bei all den zuckenden, eng aneinandergedrückten Leibern würde es nicht auffallen, wenn er seine Zähne im Nacken eines Menschen versenkte. Er spürte, wie seine Fangzähne sich hervorschoben und noch etwas ganz anderes härter wurde. Gott, er vermisste Felix. Und Marguerite. Er vermisste das Gefühl, wie sich beide an ihn schmiegten, wenn er die richtigen Stellen an ihren Körpern berührte. Wie Felix seinen Namen wisperte. Stets ehrfürchtig. Als wäre Damien der einzige Gott, den dey anbetete. Aber weder Felix noch Marguerite waren in Oaxaca. Also musste er wen anderen finden, mit dem oder der er seinen Hunger stillen konnte.

Es dauerte nicht lange, bis Damien eine Bar fand, die zu der späten Stunde noch geöffnet war. Ausgelassene Musik und noch ausgelassenere Stimmen der Bar-Besucher schlugen ihm entgegen, während er sich in die Schatten der Gasse drückte. Er schloss die Augen, atmete tief durch, um zumindest seine Fangzähne und seine Augen wieder unter Kontrolle zu bringen. Er wollte sich nicht zu schnell als Vampir zu erkennen geben. Das würde den Spaß an der Jagd nur verderben. Er schnaubte. Als ob er sich vermutlich nicht selbst ohnehin viel zu schnell verraten würde, weil er schlicht aus der Übung war. Mit Marguerite und Domhnall, seinen Spendern, hatte er dieses Herumschleichen auch gar nicht nötig. Er straffte den Rücken, zog seine Jacke glatt und trat dann aus den Schatten ins Licht.

Damien musste zugeben, dass es ihn überraschte, dass die Bar doch recht gut besucht war. Mussten diese Menschen nicht am nächsten Tag arbeiten gehen? Vielleicht war das auch so ein Menschending. Feiern bis in die Morgenstunden, um anschließend komplett verkatert in die Arbeit zu gehen. Er schüttelte sachte den Kopf. Wenn einer seiner Angestellten sich zu solch einer Aktion erdreistete, hätte er die betreffende Person schon längst gefeuert. Aber er war auch nicht hier, um neue Angestellte zu finden. Sein Magen grummelte erneut, um ihn an sein eigenes kleines Missionsziel zu erinnern. Und er war sich nur allzu bewusst, wie die Menschen ihn anstarrten, während er tiefer in das Gebäude ging. Als wäre nicht er das Raubtier hier, sondern sie.

Groß war das Lokal nicht. Der Großteil der Besucher versammelte sich draußen auf der Straße an Stehtischen, oder um einfach so in Grüppchen in der Gegend rumzustehen und zu trinken. Vor ihm befand sich die Theke mit den Regalen an Flaschen mit den verschiedensten Likören und Drinkzutaten. Er sah sogar zwei dekorierte Totenköpfe, die als Enddekorationen für ein Regalbrett dienten.

„Ay, guapo. ¿Porqué estás plantado por ahí?", fragte eine Frau, die gerade mal Mitte zwanzig sein konnte und nun von ihrem Hocker vor der Bar aufgestanden war, um zu ihm herüberzuschlendern. Wobei sie mit jedem Schritt ihre Hüften lasziv schwingen ließ. Das schiefe Lächeln auf ihren vollen Lippen war ein weiterer Hinweis darauf, dass das, was ihr gerade vorschwebte, wohl besser doch in der Gasse nebenan getan werden sollte.

Damien erwiderte das Lächeln vorsichtig und hob dann abwehrend die Hände, als sie näherkam und sich beinahe schon an ihn schmiegte. Allein sein Anblick

135

erregte die Frau vor ihm. Das roch er. Und ihr Herzschlag hatte sich ebenfalls beschleunigt. Er konnte das Blut förmlich in ihren Adern fließen sehen unter der bronzefarbenen Haut. „Tut mir leid, ich spreche kaum Spanisch."

Die Frau vor ihm lachte. „Was machst du dann in México, wenn du kein Wort Spanisch sprichst?" Sie trat näher, nahm eine seiner Hände in die ihre und zeichnete die Linien auf seiner Handfläche mit ihrem Finger nach. Ein wohliger Schauer lief ihm über den Rücken, und er unterdrückte seine Fangzähne, so gut er konnte. Seine andere Reaktion konnte er nicht ganz so leicht verstecken. Die Lippen der Frau vor ihm verzogen sich zu einem breiteren, wissenden Grinsen, als sie ihren Körper nun doch an seinen schmiegte und sich sanft im Rhythmus der Musik bewegte. *Ich hab's nicht mal bis zur Theke geschafft. Sacrée merde.* Als sie das nächste Mal sprach, roch er eindeutig den Tequila in ihrem Atem. „Du bist doch nicht einer von diesen komischen Touristen, die nur herkommen, damit sie mal mit einer ‚echten' Mexikanerin schlafen können, oder?" Die Frau mimte die Entrüstete bei der Vorstellung, dass er nur wegen einer bestimmten Sache hierhergekommen sein könnte.

Damien zog eine Augenbraue hoch. Er bezweifelte, dass seine wahren Gründe ihr wirklich etwas ausmachten. „Und wenn dem so wäre?"

Die Frau ließ seine Hand los und zuckte mit den Schultern. „Dann wäre es mir egal, weil ich etwas ganz

Bestimmtes im Sinn habe." Sie trat einen Schritt zurück und streckte ihm ihre Hand entgegen. „Hast du Lust auf ein kleines Abenteuer?" Sie wackelte suggestiv mit den Augenbrauen, und Damien konnte das Lachen nicht länger unterdrücken. Es war absurd. Wieso fühlte er sich so außerhalb seines Elements? Er war ein Vampir, verdammt. Das hier lag in seiner Natur. Und es war nicht so, als wäre sein Gegenüber nicht attraktiv. Sein Körper verriet ihm ganz genau, dass dem nicht so war. Warum war er also so nervös? Sex war ihm noch nie schwergefallen, egal mit wem, solange die Chemie stimmte. Er musste doch nicht einmal Sex mit dieser Frau haben. Einfach mit ihr in den Schatten der Nebengasse verschwinden und sobald sie außer Sichtweite waren, ihr die Fangzähne in den Hals schlagen. Streng genommen musste er sie auch nicht am Leben lassen. Sein Gegenüber hatte inzwischen die Hand sinken lassen, schien ungeduldig zu werden, weil er so lange mit seiner Antwort brauchte. Also schnappte er sie einfach am Handgelenk, was wieder ein Lächeln auf ihre Lippen zauberte. Gemeinsam hasteten sie aus der Bar und in die Gasse, um eine Ecke, in der sie außer Sichtweite der anderen Besucher, aber nicht außer Hörweite waren. Und das war ihm egal.

Die Frau kicherte, während Damien sie etwas forscher als gedacht an sich heranzog und mit dem Rücken gegen die Hauswand hinter ihr drückte. Er ließ sich von ihr küssen, konnte das ungeduldige Knurren aber nicht unterdrücken. Er war nicht wegen Sex hier. Er hatte verdammt noch mal Hunger. Sein Gegenüber zog den

137

Kopf zurück, immer noch grinsend ließ sie ihren Finger über seine halb geöffneten Lippen und seine Fangzähne fahren, die er nicht mehr verstecken konnte. Oder wollte. Er hatte lang genug auf eine ordentliche Mahlzeit gewartet.

„Tranquilo, papi. Bin ich der Grund für deine Ungeduld, oder ist da noch etwas anderes?" Sie sah ihm direkt in die Augen. In ihrem Blick lag eine Herausforderung, die er nicht annahm. Er hatte keine Lust auf Spielchen. Nicht jetzt.

Er legte ihr einen Finger auf die Lippen. „Shhh. Nicht reden." Damien schob sachte ihre Haare zur Seite, legte ihren Nacken frei, den sie ihm gleich darauf freiwillig anbot. Ein leichtes Lächeln breitete sich auf seinen Lippen aus. Vielleicht hatte er es doch noch nicht verlernt. Er senkte seinen Kopf und fuhr mit seinen Lippen sanft über die weiche Haut an ihrem Hals, bis er an genau dem Punkt in ihrer Halsschlagader angekommen war, an dem ihr Puls am stärksten schlug. Sie war keine Spenderin, also musste er sich auch nicht darum bemühen, dass sie nicht ausblutete. Er leckte leicht mit der Zungenspitze über die Stelle, in die er gleich seine Fangzähne schlagen würde, und seine Partnerin erschauderte in seinen Armen. *Nein, ich hab 's definitiv nicht verlernt.*

Damien hob seinen Kopf wieder, versicherte sich mit einem kurzen Blick, dass sie wirklich noch die Einzigen in der Gasse waren. Dann legte er ihr vorsichtshalber eine Hand auf den Mund, was sie mit einem verwirrten

138

„Hm?" quittierte. „Wir wollen doch keine Aufmerksamkeit auf uns lenken. Sonst könnten wir noch verhaftet werden. Also, sei besser leise. Verstanden?", flüsterte er an ihren Lippen.

Sie nickte.

„Braves Mädchen." Dann beugte er sich wieder über ihren Hals. Er öffnete den Mund und schnappte zu wie eine Raubkatze. Seiner Partnerin stockte für eine Sekunde vor Überraschung der Atem in der Brust. Er zog leicht mit den Zähnen an ihrem Hals, öffnete ihre Halsschlagader und ließ das Blut in seinen Mund strömen. Ihr Seufzen ging in seinem Stöhnen unter, als er den ersten Schluck nahm und spürte, wie ihm das Blut warm die Kehle hinunterrann.

Er trank, bis er sich vollends gesättigt fühlte, und ignorierte dabei, dass der Puls seiner Beute immer schwächer wurde. Die Tatsache, dass er einmal nicht darauf achten musste, seinen wandelnden Blutbeutel auch am Leben zu erhalten, war befreiend. Wie ein Rausch strömte das Adrenalin durch seine Adern. Als er genug hatte, ließ er sie los. Der Körper der Frau landete schlaff auf dem Boden der Gasse. Damien beachtete sie nicht weiter, sondern wandte sich ab und fischte ein Stofftaschentuch aus der Brusttasche seines Anzugs. Er wischte sich den Mund ab und steckte das Taschentuch anschließend in die Hosentasche. Er wollte keine Beweise zurücklassen. Wenn er schon genügend Zeugen in der Bar gelassen hatte. Er machte auf dem Absatz kehrt und wollte zurück in Richtung

139

des Motels gehen, als ihm eine Gestalt den Weg versperrte.

„Wissen Sie, Señor Moreau, wir sehen's nicht gern, wenn Fremde in unserem Revier wildern", stellte eine Stimme mit dickem, mexikanischem Akzent klar. Dann traf ihn eine Faust ins Gesicht.

Damien taumelte rückwärts. „Ihre Regeln können Sie sich sonst wohin schieben." Er holte aus. Die Gestalt wich ihm geschickt aus, und zwei Paar Arme packten ihn von hinten, hielten ihn fest, während ein weiterer Schlag ihn in der Magengrube traf.

Damien grunzte, schnappte nach Luft. Aber seine Angreifer ließen ihn nicht los. „Das dachten wir uns schon. Deswegen haben wir uns etwas ganz Besonderes für Sie und Ihre Begleitung ausgedacht", säuselte die Gestalt.

Kurz durchzuckte Damien die Schuld. Er hatte gänzlich auf Lei vergessen. Er wollte doch nur schnell Beute machen und zu ihr zurückkehren. Er hatte ihr versprochen, dass er sie beschützen würde. Genauso wie er es Flor versprochen hatte. Zwei weitere Schläge trafen ihn im Gesicht, ließen seine Sicht verschwimmen. Seine Knie gaben unter ihm nach. *Merde.* Während er in die Bewusstlosigkeit abdriftete und die Gestalten auf ihn eintraten, nahm er einen Hauch von Moschus und feuchter Erde wahr. *Verfluchte Werwölfe. Und verfluchtes Kartell.*

 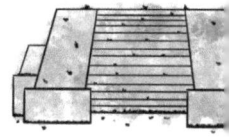

KAPITEL 15

Das Erste, was Lei auffiel, bevor sie überhaupt die Augen öffnete, war die Stille. Damiens entnervtes Grummeln fehlte. Lei öffnete die Augen und drehte sich zu dem anderen Einzelbett um. Dem Bett, das leer und unberührt aussah. Hatte Damien letzte Nacht überhaupt geschlafen? Sie bezweifelte es. Sie setzte sich auf, kratzte sich am Hinterkopf und ignorierte die Sorge, die sich langsam einschlich und in ihren Knochen festsetzte. Er war ein jahrhundertealter Vampir, verdammt. Er würde sich schon zu verteidigen wissen. *Hoffe ich zumindest ...*

Sie ging zuerst zu dem kleinen Tisch neben der Zimmertür. Kein Zettel. Kein Hinweis, wohin er gegangen war. Wer wusste denn schon, was er tat? Ob er nur kurz Frühstück für sie besorgte oder sonst irgendetwas holen gegangen war – was nicht ganz dem Bild entsprach, das sie sich bis jetzt von ihm hatte machen können. Damien versteckte seine weiche Seite nur zu gerne hinter einer Wand aus Eis und Stahl. In dem Sinne waren er und Lei sich nicht ganz unähnlich. Obwohl sie es nur ungern zugab. Er war immerhin nur hier, weil er sich schuldig dafür fühlte, dass eine junge Jägerin in seiner Stadt gestorben war. Auch wenn sie zum Zeitpunkt ihres Todes nicht mehr unter seinem Schutz gestanden hatte. Und er hatte versprochen, Lei

141

zu beschützen, wovon sie nicht mehr ganz so viel hielt, wenn er überhaupt nicht hier war.

Sie schüttelte den Kopf. Wie hatte sie anfangen können, diesem zwielichtigen Typen zu vertrauen? Er hatte von Anfang an gesagt, dass er nur mitkam, weil es ihm selbst auch in den Kram passte. Kristin und Josephine hatten sie gewarnt, bevor sie Damien überhaupt jemals zu Gesicht bekommen hatte. Bei ihrem ersten Treffen hatte er sich nicht durch Vertrauenswürdigkeit ausgezeichnet. Mit einem Schnauben hob Lei ihre Hose vom Boden auf. Ihre Hände zitterten, ihr ganzer Körper bebte vor Wut. Wut darüber, dass sie sich von diesem Arschloch um den Finger hatte wickeln lassen. Wie hatte sie nur so dumm sein können? Sie hatte ihre Karriere - und ihr Leben - aufs Spiel gesetzt, um zu tun, was er wollte, weil sie wirklich geglaubt hatte, dass er ihr helfen konnte. Und jetzt war sie in einem vollkommen fremden Land, dessen Sprachen sie nicht sprach, in einer Stadt, deren Bewohner gestern nur zu deutlich klar gemacht hatten, dass sie hier nicht willkommen war. Dieser Fall sollte der letzte sein, mit dem sie sich Zhao gegenüber beweisen konnte. Ihre erste internationale Jagd. Lei sank zurück auf den Rand des Bettes. So wie es aussah, würde es auch ihre einzige internationale Mission bleiben. *Nein.*

Lei zog die Hose an, schnappte sich den Rest ihrer Kleidung und legte eine Katzenwäsche ein, bevor sie sich fertig anzog. Sie brauchte dieses Arschloch von Vampir doch gar nicht. Sie war Xi Lei, verdammt. Eine

142

Jägerin. Sie konnte nicht nur auf sich selbst aufpassen, sie konnte diesen Fall auch komplett allein zu Ende führen. Zhao würde nicht recht behalten. Lei griff nach den Autoschlüsseln und öffnete die Moteltür. Dann ging sie zum Mietwagen, schmiss ihre Ausrüstung auf die Hinterbank und gab noch schnell den Zimmerschlüssel an der Rezeption ab.

Ihre Hand schwebte über der Zündung. Die Sorge in ihren Knochen war inzwischen zu einem steten Flüstern angewachsen. Was, wenn sie unrecht hatte und Damien in Schwierigkeiten steckte? Und sie ihn jetzt einfach so zurückließ, weil sie nicht wusste, dass er ihre Hilfe brauchte? *Ernsthaft? Der Typ hat mehrmals klargestellt, dass er dich eigentlich gar nicht braucht. Außer als Vorwand, um nach Oaxaca zu kommen. Lass ihn sich selbst aus der Scheiße rausholen, wenn er sich schon selbst dorthin verfrachtet hat.* Endlich drückte sie den Zündknopf, und der Wagen sprang schnurrend an. Lei legte den Rückwärtsgang ein, setzte aus der Parklücke zurück und schlug dann den Weg nach Monte Albán ein.

Während sie der Carretera Internacional und anschließend der Carretera a Monte Albán folgte, kreisten ihre Gedanken zwar nicht mehr um Damien. Aber ihr Kopf war damit beschäftigt, sich Szenarien auszudenken, was passieren würde, wenn sie Jhing endlich fand. Ortiz hatte gesagt, sie sollten sich von Monte Albán fernhalten. Wenn die Dinge hier genauso

143

abliefen wie in New Orleans, dann hieß das, dass sie genau dorthin musste. Als sie ein Schild mit der Aufschrift *Zona Arqueológica de Monte Albán* sah, war sie sich nicht mehr ganz so sicher. Warum würde Jhing sich in einer archäologischen Ausgrabung verstecken? So viel hatte sie immerhin von dem Schild verstanden. Wenn sie die Warnung in Téofilas Stimme richtig deutete, wäre Monte Albán allerdings genau der Ort, an dem sie sich verstecken würde, würde sie vor dem Gesetz fliehen.

„Zāogāo", murmelte sie, als die Tempelanlage von Monte Albán um die nächste Kurve in ihr Blickfeld kam. Lei fuhr weiter bis zum Parkplatz für Besucher und stieg aus. Sie stand vor einer eingezäunten Ruine. Nicht gerade das, was sie erwartet hatte. Aber Monte Albán war eine archäologische Ausgrabungsstätte. *Also, wo versteckt sich dieser verdammte Vampir?* Sie schulterte ihre Tasche und beschloss, dass der Ticketschalter im Eingangsgebäude ihr erster Anlaufpunkt werden würde. Eine Krähe, die auf einem Totenschädel saß, den jemand auf die Mauer neben dem Eingangsgebäude gelegt hatte, krächzte sie von der Seite an. Lei schauderte, als sie sah, dass der Schädel Fangzähne hatte. Ganz wie ein Vampir. Dennoch redete sie sich ein, dass das genauso gut Dekoration und ein Schädel aus Gips oder Plastik sein konnte.

„Buenos días, Señora. ¿En qué puedo ayudarle?", fragte der Herr auf der anderen Seite des Schalters. Seine Haut hatte durch die Sonne einen dunkleren Sepiaton angenommen, und sein Gesicht legte sich in

144

Falten, als er die Lippen zu einem höflichen Lächeln verzog.

Lei erwiderte das Lächeln zögerlich und lehnte sich dann an den Tresen. „Tut mir leid. Ich spreche leider kein Spanisch. Ich hätte allerdings eine Frage." Sie warf einen nervösen Blick nach rechts, zu dem Café, in dem einige Besucher der Ausgrabungsstätte Kaffee oder Wasser tranken und der angehenden Hitze des Tages mithilfe der Klimaanlagen entflohen. Sie erkannte niemanden dort - woher auch? Aber sie sah wie einer der Besucher, an einem Ecktisch bei der Fensterfront und in dunkler Lederjacke, unauffällig den Kopf drehte. Als hoffte er, dass sie nicht bemerkt hatte, wie eindringlich er sie anstarrte, seit sie durch die Tür getreten war.

„¿Señora?" Der Mann hinter dem Schalter lenkte ihre Aufmerksamkeit wieder zurück auf sich. „Wenn Sie mir Ihre Frage sagen, kann ich Ihnen eventuell helfen. Oder Sie an jemanden weiterleiten, der Ihnen ganz bestimmt helfen kann." Sein Englisch hatte einen ähnlichen Akzent wie der Fremde vom Flughafen in Mexiko-Stadt. Wieder warf Lei einen kurzen Blick auf den Mann am Ecktisch, dessen schulterlange, offene, rabenschwarze Haare sie an die Dunkelheit zwischen zwei Straßenlaternen bei Nacht erinnerten. Gänsehaut breitete sich auf ihren Armen aus, als er diesmal nicht wegsah, sondern ihrem Blick standhielt. Seine Augen hatten definitiv die bernsteinerne Farbe von Wolfsaugen. Vermutlich ein Werwolf. Dessen andere Seite gerade gefährlich nah an der Oberfläche lauerte,

145

wenn er ihr so direkt zeigte, was er war. Das also hatte Téofila gemeint. Monte Albán war das Zentrum des lokalen Wolfsrudels. Und vermutlich tabu für die Jäger. *Toll.* Also war sie nicht befugt, hier zu sein.

Sie beschloss, den Werwolf fürs Erste Wolf sein zu lassen und wandte sich ein letztes Mal dem Herrn am Schalter zu. „Ich suche nach einer Person. Vermutlich ostasiatischer Abstammung. Vorname Jhing, Nachname Yahui?"

Der Mann setzte zu einer Antwort an, als er stockte. Seine Augen weiteten sich, und er starrte auf etwas - oder jemand - hinter Lei. „Ich kann Sie zu Jhing führen, Señora. Wenn Sie mir folgen würden?", brummte jemand hinter ihr. Sie musste sich nicht umdrehen, um zu wissen, dass der Werwolf seinen Ecktisch verlassen hatte und nun hinter ihr stand.

Lei lächelte den Mann hinter dem Schalter an, bedankte sich und meinte dann, ohne sich zu dem Werwolf umzudrehen: „Sie sagen das nicht nur, um mich hier rauszulocken, damit Sie mich umbringen und irgendwo am Straßenrand liegen lassen können?" Ihre Hand wanderte langsam zu der Glock im Schulterholster unter ihrer Jacke.

Der Mann hinter ihr lachte heiser. „Wenn ich Sie töten wollte, hätte ich das in dem Moment getan, in dem Sie durch diese Tür spaziert sind. Kommen Sie. Ich bringe Sie zu denen."

Jetzt drehte sie sich doch um - und starrte auf den lederbekleideten Rücken eines Mannes, dem sie ganz bestimmt nicht vertraute. Aber nachdem Damien sich aus dem Staub gemacht hatte, hatte sie nicht wirklich eine Wahl. „Na gut. Dann zeigen Sie mir doch bitte den Weg ... Señor.“

Wieder lachte der Mann heiser, setzte sich aber in Bewegung. „Ihre Aussprache ist grauenhaft.“

„Ich spreche die Sprache auch nicht“, erwiderte Lei trocken. Der Werwolf schnaubte, und sie rollte mit den Augen. Mit jeder Sekunde, die verstrich, wurde sie nur mehr daran erinnert, dass sie in dieser Situation nicht die Kontrolle hatte. Sie musste sich auf einen Wildfremden verlassen, der klipp und klar gemacht hatte, dass er sie töten konnte, wenn er es wollte. *Dann versuch's doch. Wir werden sehen, wer von uns beiden gewinnt.*

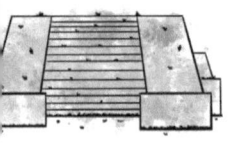 # KAPITEL 16

Damien grunzte, während seine gebrochene Nase sich von selbst wieder richtete. Auch seine gebrochenen und angeknacksten Rippen kitteten sich langsam wieder zusammen. Die Schlaglöcher in der Landstraße, auf der sie unterwegs waren, halfen nicht gerade dabei. Aber er hatte es aufgegeben, zu fragen, wohin sie fuhren. Die Werwölfe sprachen nicht. Und er konnte gut darauf verzichten, sich noch einmal die Nase brechen zu lassen. Sie hatten ihm vorsichtshalber die Augen verbunden. Obwohl er sich denken konnte, wohin die Reise ging. Er hatte nicht vergessen, dass diese eine Jägerin - Ortiz - Lei eingebläut hatte, sich von Monte Albán fernzuhalten. Er hatte die Ruinen am Gipfel des Berges gesehen, als sie in Oaxaca de Juárez angekommen waren. Und er hoffte, dass Lei nicht so dumm war und ebenfalls dorthin fuhr.

Ich habe meinen Job als Beschützer ja toll gemacht. Lass mich bei der erstbesten Gelegenheit entführen. Zum zweiten Mal. Er konnte förmlich Josephines höhnisches, hyänenartiges Lachen hören. Wusste sie inzwischen eigentlich schon, dass er die Stadt verlassen hatte? Dass er mit Lei gemeinsam unterwegs war? Bestimmt. Genauso wie er seine Leute überall in New Orleans hatte, hatte auch Josephine ihre Augen und Ohren in der Stadt. Das war für ihn nichts Neues. Sie

148

lieferten sich diesen Rüstungswettkampf seit fast vier Jahrzehnten. Obwohl sie nach außen natürlich immer beteuerten, dass sie dem anderen vertrauten. Hätten sie nicht diesen Waffenstillstand ausgehandelt, wäre New Orleans ein einziges Schlachtfeld. Genau das würde es noch werden. Dafür würde er schon sorgen. Und seine Seite würde gewinnen.

Er merkte, wie der Wagen stehen blieb. Der Fahrer stellte den Motor ab. Eine Schiebetür wurde aufgezogen. Was hatten diese Mexikaner eigentlich alle mit ihren SUVs mit Schiebetüren? Jemand beugte sich unangenehm nah an ihn heran, so nah, dass seine Nase eine fremde Brust streifte. Und der Geruch nach Moschus, Schweiß und Regenwald nach einem Regenguss so überwältigend war, dass Damien unwillkürlich den Kopf zurückzog.

„Déjese mover. Nicht bewegen", sagte derjenige, der sich an ihn drückte. Damien schnaubte und wollte etwas erwidern, als die Augenbinde endlich gelockert wurde. Er blinzelte in das Licht der Mittagssonne. Entweder hatten sie extra lange gebraucht, um hierherzukommen, oder er musste irgendwann eingenickt sein. Sehr wahrscheinlich beides. Der Mann, der ihm die Augenbinde abgenommen hatte, schnallte ihn ab und zog ihn dann, Augenbinde in der einen Hand, Damiens linken Oberarm mit der anderen umklammert, aus dem Wagen.

„Kommen Sie, Señor Moreau. Hier entlang", meinte der Werwolf, der ihn noch vor wenigen Stunden in der

149

kleinen Gasse angesprochen hatte, und deutete dem Wolf, der Damien immer noch am Oberarm gepackt hatte, mit einem Fingerzeig, ihm zu folgen. Als ob Damien eine Wahl gehabt hätte. Er wurde mitgeschleift, ob er wollte oder nicht.

Aber er nutzte die Zeit, um sich umzusehen. Da war ein Parkplatz, auf dem gerade ein Bus hielt und Touristen aussteigen ließ. *Merde.* Und da war der Mietwagen, mit dem Lei offensichtlich nach Monte Albán gefahren war. Sie war also schon hier. Hatten die Wölfe sie bereits in ihrer Gewalt oder hatte sie noch eine Chance zu fliehen?

Die Wölfe führten ihn am Eingangsgebäude des archäologischen Parks vorbei, bis sie zu einer unscheinbaren Hintertür kamen. Die Schlüssel klimperten am Schlüsselbund, als der Anführer dieser kleinen Truppe an Entführern die Tür aufsperrte. Die Tür schwang nach außen auf und gab den Blick in ein schummriges Treppenhaus frei, welches ein Stockwerk tiefer führte.

„Wenn Sie mir nur den Heizungskeller zeigen wollen, damit ich einen Klempner rufe, hätten Sie aber auch einfach fragen können." Damien sträubte sich dagegen, hinunterzugehen. Er wusste, er würde da so schnell nicht wieder herauskommen. Der Wolf hinter ihm gab ihm einen kleinen Stoß mit dem Ellbogen in die Rippen, und Damien atmete zischend ein. „Unfair." Seine Rippen waren zwar schon wieder fast vollständig verheilt, aber die Blutergüsse waren noch nicht

150

verschwunden. Die Empörung darüber, dass er von ein paar stinkenden Flohbeuteln so in der Gegend herumgeschubst wurde, tat ehrlicherweise mehr weh als die blauen Flecken.

„Wir wollen auch nicht, dass Sie den Heizungskeller begutachten. Dazu werden Sie nicht lange genug dort unten bleiben." Der Anführer grinste ihn höhnisch an, wobei es eher so aussah, als würde er seine Zähne in einer schlecht verschleierten Drohung blecken. „Muévase."

Damien schnaubte entrüstet. Wie konnte er es wagen? Wenn er die Hände frei hätte und sein ganzer Körper sich nicht so anfühlte, als wäre er von einem Lastwagen mit Elefanten überrollt worden, hätte er diesem Mischlingsköter schon gezeigt, was er davon hielt, wie ein gewöhnlicher Krimineller behandelt zu werden.

Die Glühbirnen flackerten und erhellten den unterirdischen Gang gerade so, dass man nicht über seine eigenen Füße stolperte. Wenn man nicht Damien war, der mehr über den unregelmäßigen Betonboden schlitterte, als dass er sich selbst bewegte. Vom anderen Ende des Ganges hallte ein mexikanisches Lied zu ihnen herüber, das lauter wurde, je näher sie dem Zimmer kamen. Die Rohre über ihnen zischten und brummten. Damien kam nicht umhin zu bemerken, dass ein Klempner hier vielleicht nicht wirklich etwas ausrichten konnte. Außer sie wollten alle Rohre austauschen.

„Hola, Pacho", grüßte der Anführer der Werwölfe, als sie bei dem kleinen Zimmer ankamen, aus dem die Musik dröhnte. *Pacho? Moment, war das nicht ...?* Damien fluchte, als er den Jäger aus Oaxaca de Juárez erkannte, der lässig in einem Klappstuhl aus Plastik lehnte und auf den hinteren Beinen des Stuhls balancierte. Die Beine hatte er überkreuzt und auf dem Tisch vor sich abgelegt, während er genüsslich an einem Burrito kaute. Pacho drehte den Kopf und nickte ihnen zur Begrüßung zu. Dann erkannte er Damien, und sein Mund verzog sich zu einem dreckigen Grinsen.

„Señor Moreau. Wie schön, dass Sie uns doch noch einmal beehren."

Damien erwiderte sein Grinsen mit einem Knurren. Er versuchte nicht einmal, seine Fangzähne zu verbergen, die sich erneut hervorschoben. Diesmal allerdings nicht aus Gier. Wie gern hätte er diesem Arschloch in dem Moment das Gesicht zerfetzt. Wäre Pacho einer der Jäger in New Orleans, hätte er ihm vielleicht sogar die Augen mit einem Löffel ausgekratzt, um eine Nachricht zu senden.

„Na, na. Wer wird denn da gleich so ungehalten sein? Immerhin helfen wir Ihnen und Ihrer Partnerin doch bei der Suche nach Jhing Yahui, meinen Sie nicht?" Das süffisante Grinsen war immer noch mehr als präsent in Pachos Gesicht.

Damien runzelte die Stirn. Warum würde er den Aufenthaltsort des Vampirs so einfach freigeben? „Dey ist also hier?"

Pacho nickte, schwang die Füße vom Tisch und stand von seinem Stuhl auf. „Natürlich. Kommen Sie. Ich führe Sie zu denen." Er machte eine einladende Geste, und der Werwolf, der Damien einen Moment zuvor noch festgehalten hatte, ließ nun los. Seine Hände blieben allerdings hinter seinem Rücken gefesselt. Zögernd machte Damien einen Schritt in Pachos Richtung, der nur höflich nickte und ihm dann den Rücken zukehrte. Er führte Damien von den Werwölfen weg, weiter in den kleinen Raum hinein und durch einen Durchgang auf der anderen Seite in einen weiteren, schlecht beleuchteten Gang.

„Ich muss ehrlich sein, Señor Moreau. Darf ich Ihnen kurz etwas gestehen?", fragte Pacho in das angespannte Schweigen zwischen ihnen. Als Damien nicht antwortete, blieb er stehen und drehte sich um. Damien nickte hastig. Mit einem zufriedenen Lächeln auf den Lippen wandte Pacho ihm wieder den Rücken zu und ging weiter. „Ich muss sagen, ich hätte Sie nicht als die Sorte Vampir eingeschätzt, die sich leicht einer Jägerin unterordnet. Und doch ... tun Sie genau das in New Orleans. Und jetzt hier auch wieder. Wären Sie Xi Lei doch nie gefolgt." Pacho schüttelte den Kopf.

„Tja, wir alle treffen manchmal falsche Entscheidungen, nicht wahr?" Gott, wie ihm dieser Typ auf die Nerven ging. Sie hatten das andere Ende des

153

Korridors erreicht und blieben vor einer weiteren Tür stehen, die Pacho sogleich öffnete.

„Da kann ich nicht widersprechen. Nun denn, Señor Moreau. Bitte sehr. Ich bin sicher, ich muss Sie Jhing nicht mehr extra vorstellen, oder? Sie beide kennen sich doch schon aus New Orleans." Die Furche zwischen Damiens Augenbrauen vertiefte sich, als er zögerlich einen Schritt in die Richtung des Raumes tat. Hier brannte keine Glühbirne, und selbst das wenige Licht aus dem Gang half ihm kaum, irgendetwas zu erkennen. Aber eines wusste er: Yahui war nicht hier drin. Und er war in eine Falle getappt.

„Seien Sie nicht so schüchtern." Pacho gab Damien einen kräftigen Schubs. Er stolperte über die Schwelle in den Raum hinein und konnte sich gerade noch mit der Schulter gegen die sich schließende Tür werfen.

„Hey! Sie haben mich angelogen, Sie Bastard!", schrie Damien gegen die Stahltür. Seine Stimme hallte von den nackten Wänden des dunklen Raumes wider. Auf der anderen Seite ertönte Pachos Lachen. Ein Schlüssel wurde ins Schloss geschoben und herumgedreht.

„Sie dachten doch wohl nicht ernsthaft, dass wir hier in Oaxaca unsere Geschäftspartner hintergehen? Wir sind nicht wie Sie, Señor."

Damien warf sich erneut gegen die Tür. „Hey! Lassen Sie mich hier raus!" Aber niemand kam. Egal, wie oft er sich gegen die Tür warf. Sie gab nicht nach. Und er hatte keine Chance, um Lei noch rechtzeitig zu warnen.

Schnaufend rutschte er mit dem Rücken an der kalten Betonwand hinunter. *Damien, du Idiot.* Er hätte nie mit Lei hierherkommen dürfen. Schon gar nicht allein.

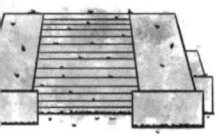 # KAPITEL 17

Der Wolf führte sie an den Schranken für Besucher vorbei und in den Park von Monte Albán. Fort von den Menschen im Café im Eingangsgebäude. Lei schluckte, wollte sich ihre Unsicherheit nicht anmerken lassen. Sie ließ den Wolf vor ihr nicht aus den Augen. Was dieser mit einem Blick über die Schulter und einem verschmitzten Grinsen registrierte.

„Wollen Sie sich die Ruinen nicht etwas genauer ansehen, Señora?"

Lei schüttelte den Kopf. „Ich bin nicht für eine Besichtigungstour hier. Sie haben gesagt, Sie könnten mich zu Jhing führen. Also, wo ist dey?" Sie blieb stehen und drehte sich einmal um die eigene Achse. „Ich seh hier nämlich niemanden außer Sie, ein paar Touristen und einen Haufen alter Steine."

Der Wolf schnaubte verächtlich ob ihrer Wortwahl. „Haufen alter Steine? Monte Albán ist eine wichtige historische Stätte für die Kulturgeschichte der Region. Sie stehen auf jahrtausendealter Geschichte, inmitten der Hauptstadt der Zapoteken. Ich hätte gedacht, das Ministerium würde seinen Jägern heutzutage noch eine Wertschätzung für die Kulturen und Historien anderer Völker beibringen. Sieht so aus, als läge ich falsch." Lei rollte mit den Augen. Warum versuchte er, Zeit zu

156

schinden? Was hatten die Werwölfe von Oaxaca zu verbergen? Offensichtlich mehr als nur Jhing Yahui, wenn er schon so anfing.

„Tun Sie nicht. Aber ich bin auf einer wichtigen Mission hier. Da ist mir heute mal die Geschichte hinter diesen Ruinen scheißegal. Tut mir leid. Und jetzt bringen Sie mich endlich zu Jhing, wie ausgemacht." Ihre Hand wanderte unter ihre Jacke zu der Glock in ihrem Holster. Der Werwolf verengte seine Augen zu Schlitzen, atmete dann aber tief durch und setzte wieder sein touristenfreundliches 500-Watt-Lächeln auf.

„Natürlich. Vielleicht kann ich Ihnen ja beim nächsten Mal mehr über die Geschichte von Monte Albán erzählen." Er drehte sich wieder um.

Wenn es ein nächstes Mal gibt. Das wolltest du doch noch sagen, oder? Lei heftete ihren Blick wieder auf diesen einen Punkt genau zwischen den Schulterblättern des Wolfs, wo sich die Nähte seines Leinenhemdes trafen; die Lederjacke hing locker über seinem Arm. Ihre Hand behielt sie in der Nähe der Glock. Hatte sie vorher schon ein mulmiges Gefühl gehabt, hatte es sich jetzt nur noch verstärkt. Ihre Instinkte schrien ihr förmlich zu, dass sie sich gerade kopfüber in eine Falle stürzte. Mit Hechtsprung. Aber wenn es sie zu Jhing brachte, musste sie eben Risiken eingehen. Das war Teil ihres Jobs. *Kein Wunder, dass so viele von uns niemals das herkömmliche Pensionsalter erreichen ...*

Die Sonne kletterte über den Himmel, während der Werwolf sie über die gesamte archäologische Stätte führte. Langsam hatte sie nicht nur das Gefühl, er würde Zeit für irgendwas schinden. Er tat es einfach. Und Lei konnte kaum was unternehmen, weil sie auf seine Führung angewiesen war. Wie sie es hasste. Diese gesamte Situation war zum Kotzen. Sie hätte den Jungen damals im Dorf nicht töten sollen. Hätte das Band, das ihn mit Jhing, seinem Schöpfer, verband, nutzen sollen, um dey zu finden. Dann wäre sie nicht hier in dieser Hitze. Hätte sich nie auf den verfluchten Moreau eingelassen und nie Josephine so dermaßen hintergangen. Selbst wenn sie hier lebend, und mit Jhing in Gewahrsam, wieder herauskam - wer garantierte ihr, dass Josephine nicht versuchen würde, sie umzubringen, wenn sie nach New Orleans zurückkehrten? Dass sie überhaupt so was von einer Jägerkoordinatorin dachte ...

Lei rollte die Schultern und ließ ihre Wirbelsäule knacken. „Wie lange wollen Sie mich noch im Kreis herumführen? Wir sind jetzt zum dritten Mal an diesem Grundriss vorbeigekommen", stellte sie endlich mit einem Grummeln klar.

Der Wolf blieb so abrupt stehen, dass sie beinahe in ihn hineingekracht wäre. Er lächelte, nein, fletschte seine Zähne. „Sie werden doch jetzt nicht ungeduldig werden? Jhing ist sicher gleich bereit für Sie, Señora."

„Wenn wir schon darauf warten, dass der Vampir, den ich verhaften soll, mir eine Audienz gewährt, könnten wir das wenigstens an einem Ort mit Schatten, Klimaanlage und einem kühlen Getränk tun?" Sie bereute es nicht, dass sie gerade wie Damien geklungen hatte. Etwas, was ihrem Führer nicht entgangen war. Ein Funken Erkenntnis glomm in seinen dunklen Augen, dann war er wieder verschwunden. Woher kannte er Damien gut genug, dass er seine Attitüde erkannte? Sie wusste es nicht. Vielleicht wollte sie es auch nicht so genau wissen. Was Moreau normalerweise tat, wenn er nicht gerade versuchte, die Jägerkoordinatorin in seiner Stadt zu stürzen, und wen er dabei traf, konnte ihr herzlich egal sein.

„Sicherlich. Ich dachte nur, Sie wollen sich vielleicht die Beine vertreten und die Ausgrabungsstätte erkunden, während wir warten." Lei seufzte.

„Ich will Sie nicht beleidigen. Ich bin mir sicher, Sie machen Ihre Sache als Touristenführer ganz gut. Aber, wie vorhin schon erwähnt, sind mir die Sehenswürdigkeiten gerade scheißegal." Sie verschränkte die Arme vor der Brust, hätte beinahe die Hände in die Hüften gestemmt. Dieser Flohbeutel mit seiner Zeitschinderei ging ihr allmählich so auf die Nerven, dass sie wirklich darüber nachdachte, ihn zu erschießen und allein nach Jhing zu suchen. Genauso wie ihr vorheriger Reisepartner sie allein gelassen hatte. Moment. Warum hatte der Wolf vorhin so ausgesehen, als wäre ihm ihr Verhalten nicht fremd? Sie runzelte die Stirn. „Was wissen Sie über Damien Moreau?"

159

Da war es wieder. Dieses kurze Blitzen in seinen Augen, bevor er blinzelte und für einen Herzschlag seinen Blick abwandte. „Meinen Sie die Gerüchte, oder etwas anderes?" Antworten mit einer Gegenfrage. *Clever.* Er wich ihr gezielt aus. Lei merkte, wie der Wolf etwas hinter ihr mit seinem Blick fixierte. Was war da hinten? Sie drehte sich um, sah aber nichts, dass die Aufmerksamkeit eines Werwolfs wert gewesen wäre. Steine, Gras, ein Busch. Sonst nichts.

Plötzlich legte sich einer der Arme des Werwolfs um ihren Oberkörper. „Hey!" Lei versuchte, sich aus seinem stählernen Griff zu winden. Vergeblich. Sie trat gegen sein Schienbein und erntete nur ein Grunzen. Er hielt sie mit dem einen Arm fest, während er ihr mit der anderen Hand die Hände hinter dem Rücken mit einem Kabelbinder fesselte.

„Ernsthaft? Was soll der Scheiß? Warum ziehen Sie mir nicht gleich eins über mit einem Holzhammer?" Sie wand sich in seinem Griff. Sie hob den rechten Fuß, trat mit voller Kraft auf seine Zehen. Der Werwolf schrie auf, ließ sie tatsächlich los. Und Lei rannte.

Weit kam sie nicht. Ein anderer Werwolf wartete bereits um die nächste Ecke auf sie.

„Wo wollen Sie denn hin, Señora?", fragte er mit einem so dreckigen Lächeln, dass Lei schlecht geworden wäre, wäre sie nicht gerade damit beschäftigt gewesen, einen Ausweg aus ihrer Situation zu suchen. Der Wolf vor ihr hatte seine Hände zu bestialischen

Pranken verwandelt und umklammerte ihre Oberarme damit. Seine Klauen schabten über ihre Haut, hinterließen blutige Kratzer.

„Lassen Sie mich los!", fauchte Lei und trat gegen das Schienbein des Mannes vor ihr. Er machte keinerlei Anstalten, auch nur daran zu denken, sie loszulassen. *Verdammt.*

Ihr Touristenführer schloss zu ihnen auf. Lei sah, wie er das Bandana, das aus seiner Hosentasche hervorgeschaut hatte, eindrehte und so spannte, dass es als Knebel benutzt werden konnte. „Ich hatte Ihnen doch gesagt, wenn ich Sie umbringen wollen würde, hätte ich das bereits längst getan. Kommen Sie, Jhing wartet auf Sie. Und Ihr ... Partner, ebenfalls." Panik überkam sie, als der Werwolf, der sie in seinen Pranken hielt, ihren Kopf wieder zurück zu sich drehte. Der andere nahm indessen das Bandana und drückte es ihr in den Mund, sodass sie draufbeißen musste, wenn sie nicht ersticken wollte. Er verknotete den Knebel hinter ihrem Kopf. Lei fing an zu schreien.

Die beiden Werwölfe hatten alle Hände voll zu tun, damit Lei nicht doch noch irgendwie ihren eisernen Griffen entkam. Sie ließ nichts unversucht, schrie gegen den Knebel, wand sich wie ein Fisch. Einmal erwischte sie sogar den Wolf, der sie aufgehalten hatte, mit dem Fuß am Kinn. Er hatte nur genervt geknurrt und seinen Griff um ihre Beine wieder verstärkt. *So werde ich also*

161

sterben? Gefesselt und geknebelt in einem fremden Land, auf der Suche nach einem verfluchten Vampir? Es war kein ungewöhnliches Ende für eine Jägerin. Aber Lei hatte gar keine Lust, hier draufzugehen.

Die beiden Wölfe trugen sie währenddessen über eine Wartungsluke, eine Treppe hinunter und einen Gang entlang, der nur spärlich von ein paar nackten Glühbirnen erleuchtet wurde. Während sie sich an einigen Türen vorbeibewegten, entschied sich Lei für einen weiteren Fluchtversuch.

Sie trat mit aller Kraft gegen die Brust des Wolfs, der ihre Beine hielt. Er taumelte, lockerte seinen Griff gerade genug, dass sie noch einmal nachtreten konnte. Er ließ ihre Beine los, und Lei riss sich aus dem Griff des anderen los.

„Qué chinga tu madre, cabrona", fluchte der Wolf hinter ihr. Sie sprintete ohne groß darüber nachzudenken auf eine Tür zu. Sie krachte dagegen, versuchte, mit dem Ellbogen die Klinke hinunterzudrücken. Aber die Tür bewegte sich nicht. *Abgeschlossen. Scheiße.*

„Könnten Sie bitte aufhören, ständig Fluchtversuche zu unternehmen? Es nervt. Und hilft Ihnen nicht", bat der Touristenführer. Sie drehte sich zu ihm um.

Lei wollte zurückfauchen, dass er sie eher mit einem Holzhammer hätte bewusstlos schlagen müssen, bevor sie aufhörte, sich zu wehren. Sie würde sich nicht kampflos ergeben. Da steckte plötzlich jemand anderes seinen Kopf durch den Durchgang zu ihrer Linken.

„¿Qué pasa aquí?", fragte Pacho. Und Lei hätte ihm am liebsten die Zunge aus dem Mund gerissen und die Augen ausgekratzt. Sie hätte ihrem Bauchgefühl vertrauen sollen. Warum war es so schwer für andere Jäger, sich an die Regeln und Gesetze zu halten? *Als ob du eine vollkommen weiße Weste hättest*, stichelte eine Stimme in ihrem Kopf, die verdächtig nach Zhao klang.

Korruptes Arschloch, knurrte sie gedanklich in Pachos Richtung. Der lächelte sie bittersüß an und legte theatralisch eine Hand auf seine Brust, als hätte sie ihn gerade mit ihrem Blick angeschossen. Was sie wirklich nur zu gerne tun würde. Hätten die Werwölfe nicht daran gedacht, ihr die Glock abzunehmen.

„Señora Xi, achten Sie doch mal auf Ihre Blicke. Sie sehen aus, als wollten Sie mich töten", erwiderte Pacho. Dann verhärteten sich seine Züge wieder, und er wandte sich den Werwölfen zu. „Die anderen warten alle schon."

Wie auf Befehl packten die beiden Werwölfe sie wieder, einer auf jeder Seite. Mit den Händen fest um Leis Oberarme verschlossen, zerrten sie sie hinter Pacho her, der sie durch einen schmalen Raum in einen weiteren Gang führte. Er öffnete eine Tür mit dem Schlüsselbund an seiner Hüfte. Dann ging es eine weitere Treppe hinunter.

Lei meinte, dumpfes Gemurmel und Gejohle zu hören. Oder war das nur das Blut, das in ihren Ohren rauschte, während sie fieberhaft nach einem Ausweg suchte? Die Werwölfe hatten aus ihrem letzten Fluchtversuch gelernt und hielten sie so fest, dass sie spüren konnte, wie sich auf ihren Armen Blutergüsse bildeten. Der Gang, den Pacho sie jetzt entlangführte, wurde nicht mehr mit Glühbirnen beleuchtet, sondern mit Fackeln. Der Beton war alten Steinen gewichen, die den Ruinen an der Oberfläche ähnelten.

Was ist das hier? Der Tempel des Todes?

Pacho öffnete eine doppelflügelige Stahltür, die offensichtlich im Nachhinein eingebaut worden war, und der Lärm einer tosenden Menge schlug ihnen entgegen. Lei zuckte unfreiwillig zusammen, und der Touristenführer unterdrückte ein Kichern. Sie warf ihm einen verächtlichen Blick zu. Klar, dass ihn das amüsieren würde. Lei hatte das Gefühl, sie würde noch darum betteln, dass sie sie umgebracht hätten, bevor der Tag um war.

Die Werwölfe zerrten sie weiter, in den kreisrunden Raum hinein. Nein, die Arena. Stahlgitter waren über den kleinen Gang gespannt, durch den sie zur Mitte der Arena schritten. Zu beiden Seiten waren Zuschauer, die ihr Dinge auf Spanisch entgegenschmissen, die sie nicht verstand, und an den Gittern rüttelten. Aber Lei musste kein Spanisch sprechen, um am Tonfall zu erkennen, was sie da hörte. Dinge, die sie schon oft genug gehört hatte. Die sie hasste und vor denen sie am liebsten die Ohren verschließen würde.

Sie kamen zu einer weiteren Gittertür, die Pacho aufschloss. Währenddessen starrte Lei angestrengt auf die Gestalt, die zusammengekrümmt in der Mitte der Arena saß. Der Steinboden war Sand gewichen. Sonnenlicht fiel durch eine runde Öffnung einige Meter über ihnen. *Wieso hört niemand dort draußen diesen Lärm?* Oder die Menschen hörten ihn und ignorierten ihn, in dem Wissen, dass es besser für ihre Gesundheit war. Bloß keine Fragen stellen. „Wegsehen, Kopf unten behalten und am Leben bleiben" schien das Mantra der Bewohner dieser Gegend zu sein. Lei merkte, wie sich Wut in ihrem Magen sammelte. Die Jäger sollten eigentlich dafür sorgen, dass Menschen und andere Spezies friedlich nebeneinander koexistieren konnten. Natürlich klappte das nicht immer ohne Zwischenfälle. Aber das hier? Dieser Untergrund-Fight-Club, den die Werwölfe von Oaxaca aufgebaut hatten und bei dem die Jäger sie scheinbar unterstützten, war der Grund, warum das britische Ministerium jetzt seine Nase in ihre Angelegenheiten steckte.

Pacho öffnete endlich die Tür, drehte sich zu Lei um. Nach einem Nicken von Pacho schnitt der Wolf zu ihrer Linken den Kabelbinder, der ihre Arme hinter ihrem Rücken festhielt, mit einer Zange durch und nahm ihr endlich den Knebel ab. Ihr Touristenführer holte unterdessen Leis Glock aus dem Hosenbund hinter seinem Rücken hervor und hielt sie Pacho hin.

165

Der nahm die Schusswaffe, drehte sich kurz um und wandte sich dann mit einem Katana in der rechten Hand wieder Lei zu.

„Wählen Sie weise, Señora." Pacho bedeutete ihr, die Waffe wieder an sich zu nehmen.

„Was haben Sie mit mir vor, Sie korruptes Arschloch?", warf Lei ihm an den Kopf, griff dann aber doch zu dem Katana. Zhao würde sie zwar dafür rügen, dass sie ihre Glock bei ihrer Mission „verloren" hatte, aber ihr Instinkt ließ sie den japanischen Schwertgriff umklammern. *Dass die überhaupt ein Katana haben ... Als wären sie auf uns vorbereitet gewesen.* Ihr Jiàn, das in New Orleans immer noch in ihrem Zimmer lag, wäre ihr zwar lieber gewesen, aber Lei durfte jetzt nicht wählerisch sein. Pachos Lippen verzogen sich zu einem erneuten, schmierigen Grinsen.

„Es geht nicht darum, was *ich* mit Ihnen vorhabe. Sondern die da." Er deutete auf eine Gruppe an Gestalten, die etwas abgehoben vom Rest der Masse in einer Art Loge saßen. Lei glaubte, Jhing erkennen zu können, dey zwischen zwei Frauen saß. War das Ortiz zu deren Rechten? Und wer war die Frau auf der anderen Seite?

„Viel Spaß", meinte der Touristenführer noch. Dann trat Pacho aus dem Weg, und die Werwölfe stießen sie in die Arena.

Lei stolperte, fing sich wieder und fuhr herum. Gerade noch rechtzeitig, um zu sehen, wie Pacho die

Tür wieder abschloss. Er zuckte mit den Schultern und sah so aus, als wollte er sich entschuldigen. Tat er aber nicht. Stattdessen kehrte er ihr den Rücken zu und verschwand in den Schatten.

„Verdammter, korrupter Bastard." Die Menge verschluckte ihre Worte. Aber die Gestalt hinter ihr lachte leise. Leis Herz sank. Sie wollte sich nicht umdrehen und ihre Befürchtung bestätigt wissen, tat es aber trotzdem.

Damien setzte sich langsam auf. Sein sonst perfekter Anzug war zerrissen und dreckig. Blut verkrustete sein Gesicht, und seine Haare hingen ihm, nass vor Schweiß und vermutlich noch mehr Blut, ins Gesicht. „Meinst du wirklich, dass du sie mit Beleidigungen umstimmen kannst?"

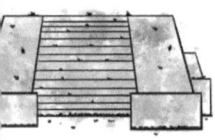

KAPITEL 18

Damien drehte den Kopf, versuchte, unter den geschwollenen Augenlidern noch etwas anderes erkennen zu können als farbige Schemen mit einem verwirrenden Rotstich. Lei hätte er auch blind erkannt. Inzwischen konnte er ihren Geruch durchaus in einer Menge ausmachen. Dass sie inzwischen fluchte wie er, half auch etwas. Sie musterte ihn von oben bis unten.

„Was ist mit dir passiert?" Sie strengte sich an, um sich die Sorge nicht anmerken zu lassen. Aber er hörte sie trotzdem. Nicht zuletzt, weil ihr Herz in ihrer Brust raste wie ein Pferd auf der Flucht.

Er legte den Kopf schief. Versuchte, eine Augenbraue zu heben. Sein natürlicher Heilungsprozess hatte sich verlangsamt. Dazu noch die Tatsache, dass er langsam anfing, Dinge zu hören und zu sehen, von denen er sich momentan sicher war, dass sie nicht real waren ... „Die Arschlöcher haben ihre Klauen mit Stechapfelextrakt überzogen." Er merkte resigniert, dass sein Atem weiterhin in seiner Lunge rasselte.

Lei nickte nur. Sie kam näher, ging etwas in die Hocke und streckte ihm ihre Hand entgegen. Damien nahm sie und stand mit ihrer Hilfe auf, dabei ignorierte er das grauenhafte Knacksen, das seine Knie von sich gaben. „Wie kommen wir hier wieder raus?" Sie stellte sich mit

168

dem Rücken so hin, dass er sich anlehnen konnte. Eins musste er ihr lassen: Lei hatte noch keinen schnippischen Kommentar darüber fallen lassen, dass er ihre Hilfe brauchte, um aufzustehen. Oder sich bei ihr anlehnen musste, um nicht hintenüberzukippen.

Langsam konnte er seine Augen wieder etwas weiter öffnen als nur einen Spalt. Er ließ seinen Blick über die Menge schweifen, bevor er an Jhing, Ortiz und der Rudelanführerin hängenblieb. Also steckten das Molina-Kartell, die Jäger *und* die Werwölfe hier unter einer Decke. *Interessant.* Wie war noch gleich der Name der Rudelanführerin? *Zarilla ... Zariessa? Zarita!* Zarita mit einem Nachnamen, den er schon wieder vergessen hatte. Scheißegal, wie sie hieß. Er würde ihr den Kopf abreißen für das, was sie ihm angetan hatte.

In dem Moment stand Zarita auf. Sie hob die Arme, brachte die Menge schneller zum Schweigen, als er es jemals bei einem Werwolfsrudel dieser Größe gesehen hatte, und trat an den Rand der Loge. „Meine Lieben. Jetzt, da uns auch Señora Xi beehrt, können wir endlich wahrhaftig beginnen. Ein weiterer Monat ist um, und wir alle wissen, was das bedeutet." Zaritas Rede wurde von enthusiastischen Rufen und animalischem Geheul unterbrochen. Lei hatte sich inzwischen neben Damien gestellt, und als er sie anblickte, sah er auf ihrem Gesicht die gleiche Verwirrung, die er gerade fühlte. Die Rudelanführerin hob erneut die Hände, und die Menge verfiel zurück in ehrfürchtiges Schweigen. „Unsere mächtige Herrin dürstet es erneut

169

nach Blut. Sie giert nach Tod und Verderben. Und genau das werden wir ihr heute geben." Zarita machte eine dramatische Pause, legte die Hände an die Brüstung vor ihr und grinste Damien und Lei an.

„Mächtige Herrin? Welche Herrin?", flüsterte Lei.

Damien seufzte. Hatte sie sich nicht vorher über das Rudel von Oaxaca informiert, bevor sie hergekommen waren? Offensichtlich nicht. „Sachmet. Diese Flohbeutel verehren die ägyptische Göttin des Krieges. Hattest du keine Ahnung davon, in welche Schlangengrube wir uns hier begeben?"

Lei schüttelte den Kopf. „Ich wusste, dass es hier ein großes Rudel Werwölfe gibt. Aber ich wusste nicht, dass sie eine antike Göttin verehren und deswegen Menschenopfer in einem Scheiß-Untergrund-Fight-Club darbringen!"

Damien hob die Schultern an und zuckte gleich darauf zusammen, als ein stechender Schmerz durch seinen Rücken fuhr. „Jetzt weißt du es." *Und wir sitzen in der Scheiße.* Er hatte Mühe, Zaritas Rede zu folgen. Jedes Mal, wenn er den Kopf hob und sie ansah, sah sie wie ein Gespenst seiner Vergangenheit aus. Maya war ein Fehler gewesen, vor dem er auch jetzt noch liebend gerne davonlief. Nur starrte dieser Fehler ihn gerade mit einer Mordlust an, die er nicht für möglich gehalten hätte. Und von der er wusste, dass sie nicht der richtigen Maya gehörte.

170

„*Moreau*!" Lei rüttelte an seinem Arm. Er riss seinen Blick von Maya-eigentlich-Zarita los und sah sie fragend an. Was wollte sie von ihm?

„Hör auf, so dumm rumzustehen. Hilf mir lieber, damit wir beide hier lebend wieder herauskommen!", herrschte sie ihn an. Was war denn jetzt mit ihr los? Er stand doch gar nicht dumm in der Gegend herum. Lei ließ ihn los, um einem Werwolf einen Fußtritt zu verpassen. Wann waren die hier reingekommen? Damien hatte keine Zeit, um groß darüber nachzudenken, warum plötzlich Werwölfe in ihrer Menschengestalt oder teilweise verwandelt in der Arena waren.

Eine Pranke packte ihn und riss ihn nach hinten. Die Kratzer, die die Klauen des Werwolfs hinterließen, brannten mit dem Stechapfelextrakt, das sogleich in Damiens Blutbahn überging. Er krachte gegen das Gitter, das über den Steinmauern gezogen worden war und die gesamte Arena umspannte. Dann schlug er dumpf auf dem Sandboden auf. Er stöhnte. Versuchte, sich aufzurappeln. Aber seine Füße fanden keinen Halt, seine Arme gehorchten ihm nicht mehr richtig.

„Steh auf, verdammt!", hörte er Lei. Er drehte den Kopf, versuchte wirklich aufzustehen. Er schaffte es einfach nicht. Damien knurrte den nächstbesten Werwolf an, der sich ihm näherte. Der Bastard ließ sich davon nicht beeindrucken, sondern knurrte bloß zurück und hob ihn am Hemdkragen hoch. Er spürte seine Beine inzwischen nicht mehr, der Körper des

Werwolfs, der ihn hochgehoben hatte, verschwamm an den Rändern, als würde er eine Fata Morgana ansehen. Irgendwo hinter dem Werwolf hörte er Lei - immerhin konnte er das noch erkennen, wenn er sie schon nicht sehen konnte.

„Bin aufgestanden!", rief er über den Kampflärm und die inzwischen tobende Menge hinweg. Er wusste nicht, ob sie ihn hörte. Und gerade sollte er sich auch eigentlich auf das Monster vor ihm konzentrieren, das ihn festhielt.

Der Werwolf legte den Kopf schief. Damien spürte, wie er versuchte, seine geistigen Barrieren zu überwinden - und er ließ ihn. Er hatte nicht die Kraft, sich einem stärkeren, gesunden Werwolf zu widersetzen, der gerade nicht an den Folgen einer Stechapfelvergiftung litt.

Eres realmente raro, Moreau, ließ der Werwolf verlauten, und Damien sah sich für den Bruchteil einer Sekunde selbst durch die Augen desjenigen, der ihn immer noch festhielt. Er hätte nur zu gerne etwas erwidert. War fest davon überzeugt, dass er den Werwolf vor sich erkennen sollte, aber das Gift lähmte sein Gedächtnis. Er war schon froh, dass er Lei noch erkannt hatte. Obwohl sie ihn sicher nicht so leicht vergessen lassen würde.

Merde, brachte er mental zustande, dann schleuderte der Werwolf ihn wieder durch die Luft. Er landete hart mit dem Rücken an der Gittertür, die erzitterte und

172

unter dem plötzlichen Gewicht zu ächzen anfing. Der Werwolf packte ihn ein zweites Mal am Kragen, dieses Mal mit menschlichen Händen. Damien musste zugeben, dass er über einen eisernen Willen verfügen musste, wenn er es inmitten eines Kampfes schaffte, nur seine Hände zurückzuverwandeln. Allzu lang blieb ihm nicht, darüber nachzudenken, da rammte der Werwolf ihn erneut mit dem Rücken voran gegen die Tür. Damien grunzte, als sein Kopf gegen den Türrahmen stieß. Das Metall ächzte erneut, und er blinzelte benommen. Er hob eine seiner Hände, schaffte es gerade noch, seine Finger in die den Vampiren eigenen Krallen zu verwandeln, und ließ die Hand mit voller Wucht auf den noch pelzigen Oberarm des Werwolfs fallen. Seine Klauen gruben sich in das Fleisch darunter, und Damien verzog die Lippen zu einem grimmigen Grinsen, als er das Blut spürte, das unter seiner Hand hervorquoll.

Der Werwolf grunzte, sah kurz auf die Hand an seinem Arm hinab, dann fixierte er Damien wieder mit seinen haselnussbraunen Augen. Er zog ihn zu sich heran, Damien verzog das Gesicht, als ihm der Mundgeruch - oder eher Gestank - des Wolfs entgegenschlug. Dann warf der Bastard ihn ein letztes Mal gegen die Tür. Das Gitter gab unter Ächzen und Stöhnen nach, und Damien landete auf dem Steinboden. Erneut waren da Sterne, die vor seinen Augen tanzten. Es war doch noch gar nicht Nacht, oder hatte er den ganzen Tag verpennt?

173

Mühsam rappelte er sich auf, der Werwolf stand vor ihm und starrte ihn an, offenbar unschlüssig, was er jetzt tun sollte. Damien aber wusste ganz genau, was er jetzt tun würde. Er warf einen letzten Blick auf Lei, die sich mit einem Schwert, das die Werwölfe ihr offenbar gegeben hatten, gerade tapfer gegen zwei Exemplare zur Wehr setzte. Eine Bewegung am Rande seines Blickfeldes zog seine Aufmerksamkeit auf sich, und er sah gerade noch, wie Yahui verschwand. Damit stand sein Entschluss fest. Damien und der Werwolf tauschten einen letzten Blick, dann machte der Vampir auf dem Absatz kehrt und rannte, so schnell ihn seine müden Beine trugen.

Pacho stand noch vor der Stahltür, die ihn von Yahui und dem Gang trennte, der ihn zurück an die Oberfläche führen würde. Der verdammte Jäger stellte sich breitbeiniger hin, als er Damien kommen sah, und richtete sogar sein Gewehr auf ihn.

„Du kommst hier nicht lebend raus!" Damien war es scheißegal, was das kleine Jägerlein dachte. Er mobilisierte seine letzten Kraftreserven, verwandelte auch die Finger seiner anderen Hand in Klauen und stürzte sich auf Pacho.

Die beiden krachten durch die Stahltür in den Gang dahinter und Damien schlug die Fangzähne in den Hals des sich windenden Jägers. Er seufzte, als Pachos Blut in seinen Mund strömte und trank in gierigen Schlucken. Es würde ihn zwar nicht komplett vom Stechapfelgift heilen - dafür hatte er bereits zu viel davon in seinem

Blutkreislauf und würde einige Tage brauchen, um sich zu erholen -, aber Pacho würde wenigstens die Effekte verlangsamen. Damit er genug Zeit hatte, um Yahui zu finden und denen den Kopf abzureißen, für die Katastrophe, in die dey ihn hineingezogen hatte.

Damien hörte ein Heulen hinter sich, warf einen kurzen Blick über die Schulter. Der Werwolf, der vorhin noch unschlüssig in der Arena gestanden hatte, kam nun mit großen Schritten auf ihn zugelaufen. Und ... buhte die Menge ihn etwa aus? Wofür? *Undankbares Pack.* Er war drauf und dran, aufzustehen und zu rufen, ob sie denn nicht unterhalten wären. Aber nachdem der Werwolf immer noch in seine Richtung kam, war das wohl eine schlechte Idee.

Er rollte sich von Pachos Leiche herunter, nahm das Gewehr und lud es einmal durch. Dann zielte er auf das Gesicht des Werwolfs und wartete. Wartete, bis der Bastard nah genug und zu schnell war, um zu realisieren, was Damien vorhatte. Er hörte noch ein leises Winseln, sah, wie sich die Augen des Wolfs weiteten - und drückte ab. Der Schuss hallte in seinen Ohren nach. Die Kugel hatte sich genau den Weg zwischen die Augen des Wolfs gebahnt, den er geplant hatte, und trat am Hinterkopf wieder aus. Damien ließ seinen Blick auf den Werwolf gerichtet, blinzelte das Blut weg, das in seinen Augen landete. Der Werwolf blieb stehen, schwankte und fiel dann hintenüber. Wieder buhten die Zuschauer, die das Geschehene beobachtet hatten und nicht mit Leis Kampf beschäftigt waren.

„Ach, haltet doch die Klappe!", brüllte Damien ihnen entgegen. Dann kam er ächzend wieder auf die Füße und ließ das Gewehr fallen. Er sah noch kurz, wie Lei in seine Richtung sah, dann drehte er sich um und lief, so schnell er konnte, den Gang entlang zurück zur Oberfläche.

Die Sonne hatte bereits ihren Zenit überschritten, als er endlich den Ausgang fand. Gierig sog er die frische Luft in seine Lunge und schüttelte den Geruch von Blut und Tod ab. Nach dem Dröhnen der Arena war ihm nur allzu bewusst, wie wenige Lebewesen sich gerade hier oben befanden. Das Zweite, was ihm auffiel, war das Geräusch von Fußstapfen, die sich hastig zum Ausgang der archäologischen Stätte bewegten. *Yahui*. Er setzte sich in Bewegung, fest entschlossen, den Vampir für deren Taten bezahlen zu lassen. Dey hatte nicht nur gegen etliche Gesetze verstoßen und Damien und Lei in diese Scheiße geführt. Wenn Damien Leis Worten und ihrem Missionsbericht glauben konnte - gerade tat er das -, dann hatte Yahui auch gegen sein eigenes höchstes Gebot verstoßen. Niemals Kindern zu schaden. Flor Lozano würde es zwar nicht zurückbringen, wenn er Yahui den Gar ausmachte, aber er würde vielleicht so für seine eigenen Vergehen Buße tun können.

Damien umrundete eine Ruine und blieb stehen, als er Yahui sah, dey vor ihm weglief. „Yahui! Bleib stehen!" Seine Stimme hallte über das Hochplateau. Gut so.

176

Ganz Oaxaca würde von Yahuis Verbrechen wissen, wenn er mit denen fertig war. Der andere Vampir wirbelte herum und schien vor Erleichterung aufzuatmen.

„Du bist es", meinte Yahui und kam wieder einige Schritte auf Damien zu, der im Gegenzug den Rest der Distanz zwischen ihnen überbrückte. Yahui hatte den Blick über Damiens Schulter geheftet, aber Damien wusste, dass Lei noch nicht zu ihnen aufgeschlossen war. Vielleicht würde sie es auch gar nicht herausschaffen. Dann hätte er zwar mit seinem schlechten Gewissen zu kämpfen, aber immerhin keine Konkurrenz für seine Rache.

Dann richtete Yahui endlich wieder deren Blick auf Damien - und erbleichte. Damien wusste genau, was dey in seinen Augen sah. Entschlossenheit. Den Hunger nach Rache. „S-sag mal, D. Was ist das eigentlich mit dir und der Jägerin? Seid ihr zwei ...?", flüsterte Yahui und hakte deren zwei Zeigefinger ineinander, um anzudeuten, dass da etwas zwischen Damien und Lei lief.

Damien schüttelte den Kopf. „Ich und eine Jägerin? Niemals. Das weißt du doch." Er lachte leise. Er versuchte, die Situation etwas zu entspannen, Yahui in Sicherheit zu wiegen. Was nur bedingt gelang. Yahui kicherte nervös, und Damien sah einen Schweißtropfen über deren hohe Wangenknochen rollen. Damien kam noch einen Schritt näher, fasste nach dem Unterarm des anderen Vampirs. Die andere Hand, Finger bereits wieder zu Klauen verwandelt, hielt er hinter seinem Rücken versteckt. Er beugte sich nah an Yahui, sodass dey seinen Atem auf deren Gesicht spüren konnte.

„Weißt du", säuselte Damien, „ich muss dir eigentlich danken. Ohne den Scheiß, den du in China abgezogen hast, hätte ich niemals eine Jägerin dazu bekommen, mir genau die Informationen zu liefern, die ich brauche, um Josephine endlich loszuwerden."

Yahuis Lippen verzogen sich zu einem zaghaften Lächeln. Dey wollte etwas erwidern, aber Damien legte denen den Finger an die Lippen.

„Aber du hast leider auch mein oberstes Gebot gebrochen mit deinem Wirrwarr an ausgelöschten Dörfern." Damien zog eine Augenbraue hoch. „Sag mal, warum lässt du eigentlich immer einen von ihnen am Leben?"

„Damit es jemanden gibt, der von Jhings Gräueltaten erzählen kann", ertönte Leis Stimme plötzlich hinter ihm. Er warf kurz einen Blick über seine Schulter, sah, dass sie das Schwert der Wölfe gegen eines der AR-15-Gewehre getauscht hatte. Wohl aus gutem Grund. Hatte sie geahnt, was er vorgehabt hatte? Kannten sie sich inzwischen so gut? Oder hatte sie die Waffe schlicht aus Bequemlichkeit gewählt? Er würde sie wohl später fragen müssen. Wenn sie ihn nicht vorher erschoss.

Er hörte das Klicken, als Lei die Waffe entsicherte. Und er wusste, dass sie auf ihn gerichtet war.

„Zähne weg von Jhing, Moreau."

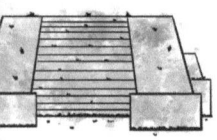 # KAPITEL 19

Lei verfluchte Damien, als sie sah, dass der Bastard sich aus dem Staub machte und sie im Stich ließ. Aber sie hatte nicht allzu lange, um darüber nachzudenken. Denn einer der zwei Werwölfe vor ihr streckte in dem Moment seine Pranken nach ihr aus. Sie duckte sich unter seinem Griff weg, trat zur Seite, sodass sein Rücken zu ihr zeigte, und stieß ihr Schwert in seinen Rücken. Der Werwolf jaulte, bäumte sich auf - dann fiel er vornüber und bewegte sich nicht mehr. Abgesehen von ein paar Zuckungen. Sein Blut tränkte den Boden unter ihren Füßen und färbte den Sand noch dunkler.

Der zweite Werwolf heulte, und Lei hörte die Anführerin des Rudels über den Lärm hinweg rufen: „¡Mátala!" Der Wolf wandte sich zu Lei um, und das tiefe Grollen, das aus seiner Brust aufstieg, erinnerte sie an Donner.

Lei umfasste das Katana fester und wünschte sich einmal mehr ihr Jiàn zurück. Das, was Pacho ihr in die Hand gedrückt hatte, hatte wohl mehr Zeit auf einem Regal verbracht, als dass es jemals wirklich genutzt worden war. Aber irgendwer hatte es unbeholfen geschliffen und ihm so doch noch eine Schneide verpasst. Lei ließ sich nicht weiter von dem Werwolf

180

aufhalten. Sie musste Damien finden und stoppen, bevor er ihr die Chance zu Jhings Verhaftung nahm.

Der Werwolf brüllte sie an, ging in die Knie und öffnete seine Arme, sodass Lei einfach nur einen Schritt nach vorne tun musste und ihm das Schwert mit einem kräftigen Stoß in die Brust rammen konnte. Der Werwolf stutzte, blinzelte sie verwundert an. Sie zog die Klinge aus seiner Brust, hob den Arm und ließ das Schwert auf seinen Hals niedersausen. Es dauerte einen Moment, dann quoll Blut aus einer dünnen Linie hervor, die sich um den Hals des Werwolfs schloss. Er hob seine Pfoten, dann rutschte sein Kopf von seinen Schultern und landete mit einem dumpfen Aufschlag im Sand. Lei ließ das Katana fallen und trat hastig zur Seite, als der letzte Werwolf in der Arena auf sie zuraste.

Er holte aus und schlug mit seinen Pranken nach ihr. Lei rollte sich ab, ächzte, als ihre rechte Schulter protestierte. Sie war noch nie in einem Untergrund-Fight-Club gewesen. Hatte noch nie auf diese Art um ihr Leben kämpfen müssen. Aber sie war froh um jedes bisschen Kampferfahrung, das sie sich über die letzten sechzehn Jahre mühsam erarbeitet hatte. Um einem weiteren Angriff des Werwolfs auszuweichen, war sie allerdings nicht schnell genug.

Ein Schrei entwich ihr, als der Werwolf sie über die gesamte Arena schleuderte. Sie knallte gegen die Steinmauer, die den unteren Rand der Arena einfasste, und stöhnte. Ihr ganzer Körper protestierte, als Lei den Kopf hob und verschwommen sah, wie der Werwolf

181

seinen temporären Sieg genoss. Er streckte triumphierend die Pranken in die Luft und stieß ein Siegesgeheul aus, das von der Menge zurückgeworfen wurde. Hätte Damien sich nicht aus dem Staub gemacht, hätte sie bereits gewonnen. So aber konnte sich das Blatt durchaus noch zugunsten der Werwölfe wenden.

Nicht, wenn ich ein Wörtchen mitzureden habe, redete sie sich Mut zu. Ihr Blick fiel auf ein schwarzes AR-15-Gewehr, das irgendwer im Eifer des Gefechts fallen gelassen haben musste. Oder es war vom letzten Menschen zurückgelassen worden, der das Pech gehabt hatte, sich in dieser Arena wiederzufinden. Während der Werwolf noch mit seinem verfrühten Siegestanz beschäftigt war, streckte Lei die Hand nach dem Gewehr aus.

Sie bekam die Waffe mit etwas Mühe zu fassen, vergewisserte sich, dass noch Munition im Magazin war und rappelte sich wieder auf. Es waren nicht viele Kugeln übrig. Aber wenn sie es geschickt anlegte, brauchte sie sich darum keine Sorgen zu machen. Zwar war eine AR-15 kein Scharfschützengewehr, aber die Werwölfe waren großzügig genug gewesen, um dieses Exemplar mit einem Extra-Visier auszustatten. Lei lud durch, entsicherte die Waffe und zielte.

Durch den Rückstoß streifte der erste Schuss nur die Schulter des Werwolfs. Der zweite traf sein angestrebtes Ziel. Der massige Körper, der eine Mischung aus Wolf und Mensch war, taumelte kurz auf seinen

182

Hinterbeinen, suchte Halt am Stahlgitter. Dann fiel er auch in den Sand und regte sich nicht mehr. Die Menge, hatte sie Damien vorhin noch ausgebuht dafür, dass er abgehauen war, jubelte jetzt.

„Auf wessen Seite steht ihr eigentlich?" Sie ließ das AR-15-Gewehr sinken und wandte sich zu der Tribüne um. Jhing war nicht mehr dort. Und die Anführerin des Rudels sah so aus, als würde ihr gleich der Kopf platzen vor Wut. Oder sie sich zumindest verwandeln.

Sie deutete auf zwei Wölfe an der anderen Gittertür. „Entrad ahí. Ahora. ¡Y matadla!", schrie sie ihnen entgegen. Lei konnte die Spucke sehen, die dabei aus ihrem Mund flog. Die beiden Wölfe zögerten einen Moment, tauschten einen Blick, dann machten sie sich daran, die Arena zu betreten. Lei trat einen Schritt zurück, spannte ihre Muskeln an. Sie würde kämpfen bis zum letzten Atemzug, wenn sie es musste. Und würde doch nur den typischen Tod einer Jägerin sterben: im Kampf, auf einer Mission, die nun nicht mehr abgeschlossen werden würde. *Nein.* Sie durfte so nicht denken. Sie würde hier rauskommen. Und sie würde Damien aufhalten, bevor er Jhing tötete. Sie hob das Gewehr, zielte und war drauf und dran, zu schießen, als Ortiz von ihrem Sitz aufsprang und rief:

„¡Esperen! Creo que nuestra gran Señora ha visto suficiente sangre hoy. Lasst sie gehen."

Die Werwölfe blieben stehen, einer sogar mitten in der Verwandlung, und drehten ihre Köpfe zur Loge. Auch

Lei ließ das Gewehr wieder sinken und starrte verständnislos nach oben. Sie war dankbar, dass Ortiz versuchte, sie zu retten. Sie verstand nur nicht, warum. Sie war es doch, die sie verraten hatte.

Die Anführerin der Werwölfe wandte sich nun auch zu Ortiz um. Lei war sich sicher, dass die andere Jägerin gleich das Zeitliche segnen würde. Aber die Werwölfin fragte schlicht: „¿Por qué?"

„Porque creo que ha demostrado que es una luchadora formidable. Ella merece vivir", antwortete Ortiz. Lei verstand zwar nicht, was gesprochen wurde. Aber nachdem Ortiz erneut zu ihr hinuntergesehen und eine Dringlichkeit in ihren Blick gelegt hatte, glaubte Lei, es endlich zu verstehen. Die Aufmerksamkeit der Anwesenden war auf Ortiz und die Rudelanführerin gerichtet. Niemand beachtete Lei, als sie auf Zehenspitzen aus der Arena schlich. Allerdings ließ sie es sich auch nicht nehmen, einmal auf Pachos Leiche zu spucken, als sie an ihm vorbeikam.

„Verräter." Dann lief sie den Gang entlang zurück zur Oberfläche, hoffentlich noch rechtzeitig, um Damien aufzuhalten.

Sie sah, wie Damien die Finger der Hand hinter seinem Rücken zu Klauen verwandelte, wie er Jhing am Arm packte und denen irgendetwas sagte. Den letzten Satz verstand sie gerade noch. Und es gab ihr genug

Grund, die AR-15, die sie immer noch in der Hand hielt, fester zu umklammern.

„Sag mal, warum lässt du eigentlich immer einen von ihnen am Leben?", fragte Damien, und Lei wusste, dass ihr Moment gekommen war. *Jetzt oder nie.*

„Damit es jemanden gibt, der von Jhings Gräueltaten erzählen kann", rief sie Damien zu. Sie sah, wie der Bastard ihr kurz über die Schulter einen Blick zuwarf. Dann wandte er sich wieder zu Jhing um. Lei musste nicht in seinem Kopf sein, um zu wissen, dass er drauf und dran war, anzugreifen.

Sie hob die Waffe, entsicherte sie und zielte auf Damiens dreckigen Hinterkopf. Er gab schon ein komisches Bild ab. Der sonst so tadellose Anzug beschmutzt und zerrissen. Wollte er deswegen Rache an Jhing nehmen? War er wirklich so oberflächlich, dass ihm sein sündhaft teurer Anzug mehr bedeutete als die Gerechtigkeit? Nein. Da musste noch etwas anderes dahinterstecken. Lei war sich sicher.

„Zähne weg von Jhing, Moreau." Der Zeigefinger schwebte über dem Abzug, aber noch bewegte sie sich nicht. Damien hatte immerhin noch nichts getan. Es würde ihr zwar gelegen kommen, wenn er Jhing einfach hier tötete. Dann wäre ihre Mission erledigt. Aber ihr moralischer Kompass strafte sie Lügen. Sie wollte wissen, dass Jhing deren gerechte Strafe bekam. Was dey nicht tun würde, wenn sie zuließ, dass Damien den

185

anderen Vampir jetzt umbrachte. Aus welchem Grund auch immer.

Für einen Moment sah es so aus, als ob Damien Jhing wirklich angreifen würde. Dann seufzte er und entspannte die Hand hinter seinem Rücken. Er hielt Jhings Oberarm immer noch umklammert und drehte sich mit einem verlegenen Grinsen zu Lei um. Sie sicherte ihre Waffe, ließ sie erneut sinken und stapfte auf die beiden Vampire zu.

„Ich habe dey bloß für dich festgehalten", verteidigte Damien sich, als sie bei ihnen ankam und Jhing seinem Griff entriss. Sie warf ihm einen bitteren Blick zu.

„Natürlich. Danke." Sie umfasste beide von Jhings Handgelenken und drehte deren Arme auf den Rücken. „Yahui Jhing. Ich verhafte Sie aufgrund von Verbrechen gegen die Menschheit und Flucht vor dem Gesetz. Alles, was Sie sagen, kann und wird in einem Gerichtssaal gegen Sie verwendet werden."

Jhing lachte leise. „Wir wissen beide, dass ich keinen Gerichtssaal von innen sehen werde, wenn Sie mich zurück nach Lhasa bringen."

Lei sah kurz zu Damien, dann konzentrierte sie sich wieder auf die Person vor sich. „Das werden wir noch sehen. Los jetzt, gehen wir." Die Handgelenke fest umschlossen mit ihren beiden Händen, gab sie Jhing einen leichten Schubs in Richtung Ausgang des archäologischen Parks. Sie konnte es kaum erwarten, endlich hier rauszukommen und Mexiko hinter sich zu lassen. Und auch, wenn Ortiz sie am Ende gerettet hatte, sie würde die korrupte Jägerin und ihre Partnerschaft mit den lokalen Werwölfen durchaus in ihrem Bericht erwähnen. Somit wäre auch den britischen Jägern bei deren Fall geholfen. Lei seufzte. Jetzt ging es darum, Jhing heil nach Lhasa zurückzubringen.

Als sie beim Mietwagen ankamen und Damien sich mit einem Seufzen hinters Lenkrad gleiten ließ, sah Lei von der Rückbank aus, wie er zögerte. Sein Finger schwebte über dem Zündknopf, aber er drückte ihn nicht.

„Gibt's ein Problem, Moreau?", fragte sie, während sie Jhing behelfsmäßig mit zwei Sicherheitsgurten festband. Die Hände hatte dey immer noch hinterm Rücken, dey würde also nur schwer an die Schnallen kommen. Und Lei bezweifelte, dass Jhing sich freiwillig aus einem fahrenden Auto werfen würde, wenn dey es vermeiden konnte. Das Gesicht des Vampirs schien entspannt, als hätte dey deren Frieden mit der Situation gemacht.

Sie überprüfte noch einmal den Sitz der Gurte, dann setzte sie sich nach vorne zu Damien, der ihr noch immer nicht auf ihre Frage geantwortet hatte. „Was ist los?", hakte sie nach, und Damien warf ihr einen fast schon schuldbewussten Blick zu. Was war denn jetzt wieder los?

187

„Ich würde gerne einen Zwischenstopp einlegen, bevor wir zurück nach Mexiko-Stadt fahren", meinte er schließlich. Lei hob eine Augenbraue, obwohl ihr schon dämmerte, wo er hinwollte.

„Flors Familie?" Sie sah, wie sich Damiens Gesicht etwas entspannte, als er keinen Vorwurf in ihrer Stimme hören konnte. Er seufzte erleichtert und nickte. „Okay, dann los. Steig aufs Gas." Damien tat wie geheißen, startete den Wagen, und sie ließen Monte Albán hinter sich.

Etwa eine Stunde später hielten sie in einer engen Gasse vor einem schmalen Haus, das wohl mal eine andere Farbe als grau gehabt hatte, die aber durch die Luftfeuchtigkeit inzwischen kaum noch existent war.

„Willst du, dass ich mitkomme?" Es wäre vielleicht einfacher, wenn Flors Eltern - sollten sie überhaupt noch in diesem Haus leben - eine andere Jägerin sahen und nicht nur einen Vampir, der ihnen die Nachricht von Flors Tod überbrachte. Aber Damien schüttelte nur den Kopf und stieg aus.

Lei ließ das Fenster auf ihrer Seite herunter, damit sie wenigstens etwas hören konnte, und beobachtete, wie Damien die schmiedeeiserne Vordertür öffnete, um an die eigentliche Tür aus Holz zu klopfen. Und dann warteten sie, bis ein Schlüssel im Schloss umgedreht und die Tür geöffnet wurde.

Ein Mann, etwa Anfang fünfzig, mit grau meliertem Haar und den ersten Falten im Gesicht stand im Türrahmen. „¿Qué quieren?", hörte Lei ihn fragen. Das musste dann wohl Flors Vater sein.

„Señor Lozano? Ich bin hier, um Ihnen Auskunft über Ihre Tochter, Flor, zu geben", antwortete Damien. Der Mann starrte ihn kurz stumm an, dann drehte er sich um und rief etwas ins Haus, was Lei nicht verstand. Vermutlich, um Flors Mutter herzubitten. Die ältere Dame ließ auch nicht lange auf sich warten. Lei sah eindeutig die Ähnlichkeit zu Flor in ihrem Gesicht.

Hinter ihr kicherte währenddessen Jhing vor sich hin. „Musstest du das auch mal machen? Für eins meiner Opfer? Ach, ich vergaß, da war ja niemand mehr übrig." Dey grinste sie schadenfroh von der Rückbank an.

Lei blähte die Nasenflügel, als die Wut wieder in ihrem Magen aufstieg. Wie gerne hätte sie denen jetzt einen Pfahl ins Herz gerammt. Aber sie hielt sich zurück. Erwiderte nur ein kurzes „Halt die Klappe." Dann wandte sie ihre Aufmerksamkeit wieder Damien und Flors Eltern zu.

Inzwischen hatte Damien die Lage erklärt, und Flors Vater hatte das Ganze für ihre Mutter auf Spanisch übersetzt. Lei sah noch, wie die Hand der Mutter zu ihrem Gesicht flog, als sie einen Aufschrei unterdrückte. Damien ließ indes die Schultern hängen.

189

„Lo siento. Lo siento mucho." Nachdem Flors Vater ihm nur kurz zugenickt hatte und die beiden Jäger wieder im Haus verschwunden waren, drehte er sich um und kam zum Wagen zurück. Damien zögerte vor der Fahrertür, und Lei sah, wie er seinen Körper wieder straffte. Noch sah sie sein Gesicht nicht, aber sie konnte sich denken, dass darauf wieder die undurchdringliche Maske des Teufels von New Orleans erschienen war. Und doch hatte die unscheinbare Jägerin Flor Lozano es geschafft, seine harte Schale zu durchbrechen. Auch wenn Damien ständig behauptete, dass es ihm nicht um sie ging.

„So was wird nie leichter", murmelte Lei, als Damien endlich wieder in den Wagen stieg. Er antwortete nicht, sondern nickte nur und startete den Wagen erneut. Ausnahmsweise war auch Jhing still geworden, während sie Oaxaca de Juárez verließen und zurück nach Mexiko-Stadt und zum Flughafen fuhren.

KAPITEL 20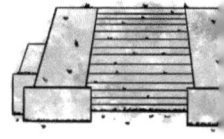

Niemand hielt sie auf dem Weg zum Flughafen von Mexiko-Stadt auf. Damien bezweifelte sogar, dass jemand sie in New Orleans stoppen würde. Allerdings musste er noch mit Lei sprechen. Er schob die Gedanken an Flor und ihre Eltern in die hinterste Ecke seines Hirns und konzentrierte sich auf das Hier und Jetzt. Josephine konnte ihn nicht zu Gesicht bekommen. Wenn sie ihn gemeinsam mit Lei sah, würde sie schneller eins und eins zusammenzählen als er „Amen" sagen könnte. Und er würde Lei nur in unnötige Gefahr bringen. Er mochte von Lei halten, was er wollte. Und davon, dass er versucht hatte, ihren Plan zu vereiteln, und sie eigentlich im Stich gelassen hatte - etwas, was sie ihn die ganze Fahrt von Oaxaca de Juárez nach Mexiko-Stadt über nicht vergessen ließ, nachdem sie alle das Geschehen der letzten Stunde halbwegs verarbeitet hatten. Aber er hatte ein Versprechen gegeben. Und er hatte es auch mehr oder weniger gehalten.

Nachdem er den Mietwagen in die Parklücke geschoben und den Motor abgedreht hatte, drehte er sich zu Lei. „Ruf Josephine an. Sag ihr, dass deine Mission erledigt ist und du mit Yahui nach New Orleans zurückkehrst, um dich bei ihr für ihre Hilfe zu bedanken. Dann bringst du Yahui nach Lhasa. Erwähn

191

mit keinem Wort, dass ich dabei war und dir geholfen habe."

Lei zögerte kurz, dann nickte sie. „Du willst nicht, dass jemand von unserer Zusammenarbeit erfährt. Wie kommst du dann zurück nach New Orleans?"

Die Sorge, die in ihrer Stimme mitschwang, erwärmte ihm das Herz. Aber sie änderte nichts an seinem Entschluss. „Ich nehme einen anderen Flug. Es ist besser für uns, wenn niemand davon erfährt."

„Ich weiß es aber. Und die Wölfe und Jäger in Oaxaca auch." Yahui hatte ein spöttisches Grinsen im Gesicht, das denen einen fast tödlichen Blick von Lei einhandelte.

„Du wirst nichts von meiner Mitarbeit erzählen. Sonst komme ich und füttere dir deine eigenen Eingeweide", erwiderte Damien mit einem Knurren. Der andere Vampir hielt seinem Blick für eine Sekunde stand, dann senkte dey den Kopf.

„Okay, okay. Ich halte meine Klappe."

Als sie in die Eingangshalle des Flughafens mit seinen Airlineschaltern kamen, wollte Lei losstürmen und ein Ticket kaufen. Aber Damien hielt sie an ihrem Handgelenk zurück. Sie sah fragend zu ihm auf. Er schwieg und zog sie bloß in eine Umarmung. Etwas, was sie beide überraschte.

„Du bist wirklich verweichlicht, Moreau", spottete Yahui bei dem Anblick dieser Geste. Aber Damien ignorierte dey. Stattdessen flüsterte er in Leis Ohr:

„Pass auf dich auf. Sollte Josephine wissen, dass du sie für mich ausspioniert hast, wird sie hinter dir her sein."

Eine Weile standen sie so da, Damien mit seinen Armen um Leis zierlichen Körper. Und Lei, die dastand wie ein Stock und offensichtlich nicht so recht wusste, was sie davon halten sollte. Schließlich erwiderte sie seine Umarmung zaghaft, und Damien fiel ein Stein vom Herzen, von dem er nicht gewusst hatte, dass er da war.

„Schaffst du es allein zurück mit deiner Vergiftung?", flüsterte Lei schließlich zurück.

Er nickte. „Pacho war eine große Hilfe." Der Blick, mit dem Lei ihn daraufhin bedachte, war mehr enttäuscht als zornig. Er zuckte mit den Schultern. „Was denn? Ich kann nichts für meine Natur. Und er ist noch glimpflich davongekommen, der Arsch. Wenn das einer von meinen Leuten gewesen wäre, hätte ich ganz andere Dinge mit ihm angestellt." Lei schauderte sichtbar bei der Vorstellung daran, was Damien getan hätte, hätte er die Zeit gehabt. Was sein Grinsen nur noch breiter werden ließ. Da stand eine Jägerin vor ihm, die schon viel Grausameres gesehen hatte als das, was er mit Pacho angestellt hätte, und sie schauderte einfach.

Menschen. Die harte Schale, die er jetzt besaß, hatte ihn fast ein halbes Jahrhundert gekostet. Er bezweifelte, dass Lei so lange leben würde. Nicht, wenn sie weiterhin mit dem Kopf durch die Wand und für eine bessere Welt kämpfen wollte. Allerdings musste er ihr ihren Optimismus hoch anrechnen. New Orleans und Oaxaca de Juárez waren zwei Paradebeispiele dafür, was zu viel Macht aus einem Menschen machte. Vermutlich waren ihre eigenen Vorgesetzten nicht anders. Und doch ließ sie es sich nicht nehmen, weiterhin daran zu glauben, dass sie für das Gute kämpfte.

Er hatte zwar keine Ahnung, was Josephine mit ihrer Nekromantie bezweckte. Aber er wusste durchaus, welche Werte der Kult um die ägyptische Göttin Sachmet vertrat, der überall auf der Welt immer wieder den Kopf aus dem Sand steckte. Dabei scherte sich dieser seltsame Glaube nicht um die Spezies seiner Anhänger. Im Gegenteil, die verschiedenen Spezies, die manches Mal die Kriegsgöttin mit dem Löwenkopf verehrten, sorgten immer wieder dafür, dass Kriege ausbrachen. *Solange die Wölfe von Oaxaca lokal bleiben, wird das wohl nicht passieren. Aber wer weiß,* grübelte Damien.

„Na dann, mach's gut, du Bastard", riss Yahui ihn aus seinen Gedanken und winkte zum Abschied etwas betreten. Damien blieb im Eingangsbereich der Halle stehen und beobachtete, wie Lei und Yahui auf einen der Airline-Schalter zugingen. Er stand weiterhin an seinem Platz, als Lei sich noch einmal zu ihm umdrehte, ihm kurz zunickte und dann mit Yahui gemeinsam in Richtung Security-Schleuse verschwand.

Als er sich sicher war, dass Lei und Yahui auf dem Weg zu ihrem Gate waren, ging er zum Ticketschalter.

Die Dame am Schalter lächelte ihn nervös an, und er bemühte sich, möglichst harmlos auszusehen. Was in seinem momentanen Outfit eher schwierig war. Er hatte es zwar geschafft, das Blut und den Dreck von seinem Gesicht zu wischen, aber es war keine Zeit geblieben, um noch einen neuen Anzug zu kaufen. Er legte die betont menschlichen Hände auf dem Schalter ab und beugte sich etwas vor.

„Buenos días. Ich würde gerne ein Ticket für den nächsten Direktflug nach New Orleans buchen", säuselte er. Die Dame entspannte sich etwas, aber verlor ihr Lächeln im Prozess. Sie verzog regelrecht das Gesicht.

„Tut mir leid, Señor. Aber der nächste Direktflug nach New Orleans geht erst morgen. Wir hätten noch einen Flug mit Umstieg in Houston, der in ein paar Stunden abhebt. Genug Zeit, damit Sie sich noch etwas frisch machen können, wenn Sie wollen."

Damien ließ seine Mundwinkel wieder nach oben schnellen zu einem Lächeln, das auch seine Zähne zeigte. „Gut, den nehme ich. Danke schön." Er bezahlte, bedankte sich ein letztes Mal und verließ dann die Eingangshalle, um durch die Security zu gelangen und schließlich einen neuen Anzug zu kaufen.

Abgesehen von komischen Blicken, gab es für Damien keinerlei Vorkommnisse mehr auf der Heimkehr.

Wenn man die auditiven Halluzinationen, die sich immer mehr einstellten, je länger er unterwegs war, ignorierte. Genau das tat er.

In New Orleans angekommen, war Damien nicht überrascht über die verstärkte Jägerpräsenz am Flughafen. Immerhin ließen sie ihn ohne Umschweife passieren. Er dankte seinem Deal mit Josephine dafür, auch wenn er sie wohl bald schon umbringen würde. Als er durch die Tür in die Ankunftshalle trat und einen gewissen Vampir mit silbern gefärbten Haaren und einem Schild, auf dem „Willkommen zurück, du Arsch" stand, sah, blieb er dann doch etwas verdutzt stehen.

Felix' Mund verzog sich zu einem selbstzufriedenen Grinsen, während Damien auf dey zuschlenderte. Dann überraschte er sich selbst noch weiter, als er seine Tasche abstellte, Felix' Gesicht in seine Hände nahm und einen sehnsüchtigen Kuss auf die Lippen des anderen drückte. Felix blinzelte ihn verwirrt an, fragte jedoch nicht nach.

Damien trat einen Schritt zurück, ließ eine Hand jedoch an Felix' Wange. „Ich bin ein bisschen high gerade ...", gab er schließlich zu.

Felix schnaubte und schüttelte ungläubig den Kopf. „Warum überrascht mich das nicht? Was hast du dort unten angestellt?" Dey hob deren Hand und strich sanft mit einem Finger über einen Kratzer über

Damiens linker Augenbraue, der noch immer nicht gänzlich verschwunden war. Damien schloss seine Augen und genoss die Berührung. Dann öffnete er sie wieder und nahm Felix' Hand.

„Lass uns nach Hause gehen. Bitte."

Felix zögerte kurz, vergewisserte sich, dass niemand sie beachtete, dann nickte dey und verschränkte deren Finger mit Damiens.

KAPITEL 21

Lei blieb nicht viel Zeit, sich bei Josephine für ihre vermeintliche Hilfe zu bedanken, als sie in New Orleans ankamen. Am Ende hatte es nur für ein „Danke" von Lei und ein anerkennendes Nicken von Josephine gereicht, bevor Erstere sich mit Jhing und zwei anderen Jägern im Schlepptau auf den Weg zum Gate für den Anschlussflug nach Lhasa gemacht hatten. Auch Kristin war dort gewesen, aber Lei hatte auch hier keine Zeit gefunden, ein paar Worte mit der anderen Jägerin zu wechseln. Und was hätte sie überhaupt gesagt? „Hey, tut mir leid, dass ich dich eine Zeit lang verdächtigt habe, Josephines Schoßhund zu sein. Dachte für eine Weile echt, du spionierst mir nach", hätte wohl kaum ausgereicht. Weder als Entschuldigung noch als Erklärung.

Lei beschloss, die ganze Sache hinter sich zu lassen, während eine der Flugbegleitungen kam und kontrollierte, ob sie ihren Gurt richtig angelegt hatte. Lei schluckte einen sarkastischen Kommentar, dass es da nicht viel falsch zu machen gäbe, herunter und wandte ihre Aufmerksamkeit wieder der Aussicht vor dem Fenster zu. Die Sonne versank gerade hinter dem Horizont und tauchte den Flughafen und die Stadt in warmes, orangenes Licht.

198

Lei konnte nicht anders als wehmütig auf New Orleans und den Mississippi hinunterzublicken, während das Flugzeug sich in den Himmel hob. Sie hatte es immer schon als kleines Wunder empfunden, dass diese riesigen Stahlkonstrukte überhaupt abheben konnten, geschweige denn, sie sicher ans Ziel ihrer Reise zu bringen. Sie entspannte sich langsam, ließ den Stress der letzten Tage von sich abfallen und sank tiefer in den, zugegebenermaßen recht unbequemen, Flugzeugsitz. Für die Business-Class hatte das Geld des Ministeriums dann doch nicht gereicht. Andererseits war das hier auch keine Spritztour. Sie kam nach geglückter Mission mit Beute nach Hause. Was Zhao wohl zu sagen haben würde?

Und was denkt Damien eigentlich darüber?, ertappte sie sich dabei, wie ihre Gedanken wieder zu dem Vampirkönig zurückkehrten, der so einiges riskiert hatte, damit sie ihre Mission erfüllen konnte. Und der sie im letzten Moment beinahe hatte platzen lassen. So irritierend sie ihn auch fand, sie musste sich eingestehen, dass sie Damien Moreau über die letzten Tage doch etwas zu schätzen gelernt hatte. *Hätte nie geglaubt, dass ich das einmal von einem Vampir denke ...*

Sie drehte ihren Kopf und sah zu Jhing, dey auf dem Platz neben ihr laut vor sich hin schnarchte. Andererseits gab es da immer noch die Sorte dieser Spezies, die es durchaus verdient hätte, wenn man ihnen einen Pflock ins Herz rammte. *Paradebeispiel: die Schnarchnase neben mir.* Lei fand es immer noch die bessere Wahl, Jhings Arsch zurück nach Lhasa und vor

199

ein Gericht zu zerren. Dey musste geradestehen für deren Taten. Wenn dey ein Jahrhundert lang in einem Gefängnis verrottete, war das immer noch etwas zu milde in ihren Augen. Nicht nach dem, was sie im Himalaja gesehen und erlebt hatte.

Mit einem Seufzer schloss sie die Augen. Deren Strafe konnte buchstäblich warten, bis sie endlich in Lhasa landeten. Was noch einige Stunden dauern würde. Mit dem Dröhnen der Flugzeugturbinen und Jhings Schnarchen im Ohr driftete sie in einen unruhigen Schlaf ab.

Sie unterdrückte ein Gähnen, als sie in den frühen Morgenstunden in der Lobby des Jäger-Hauptquartiers von Lhasa stand und dabei zusah, wie Jhing von zwei ihrer Kollegen abgeführt wurde. Lei rollte ihre Schultern, bevor sie abrupt innehielt und ihren Vorgesetzten anstarrte. Zhao stand vor ihr, eine Teetasse in der Hand, die sonst so makellose Uniform ungebügelt und das grau melierte Haar ungekämmt.

Eine Weile standen sie nur so da, ließen das morgendliche Treiben im Hauptquartier an sich vorbeiziehen und starrten einander an. Zhao nippte weiterhin an seinem Tee, und Lei trat nervös von einem Bein auf das andere. Was sollte das hier werden? Eine Willensprobe, wer von ihnen beiden länger durchhalten konnte? Lei war drauf und dran, etwas zu sagen, als

200

Zhao sich umdrehte und in der Bewegung in seine Teetasse murmelte: „Gut gemacht, Xi."

Sie blinzelte. Dann lief sie ihm hinterher in sein Büro. „Wie bitte?" Sie schloss die Tür hinter sich und stand neben einem der Besucherstühle. Ihre rechte Hand schwebte über der Stuhllehne. Hatte sie gerade wirklich richtig gehört? Ihr Herz schlug schneller, und sie wagte es gar nicht, zu hoffen.

Zhao stellte die Teetasse auf seinem Schreibtisch ab, glättete seine Uniform und setzte sich dann. Er nickte ihr zu, und Lei ließ sich in den Stuhl ihm gegenüber sinken. „Du hast mich schon richtig gehört. Gute Arbeit. Ich weiß, diese Mission war alles andere als leicht. Zuerst das Dorf und der kleine Junge und dann auch noch diese Odyssee um die halbe Welt ..." Er sah kurz in seine Teetasse, bevor er Lei dann mit ernstem Blick fixierte. „Ich muss gestehen, ich dachte manchmal nicht, dass du es schaffst."

Sie wusste nicht, was sie darauf antworten sollte. Auf der einen Seite war da das lang ersehnte Kompliment, dass sie einen guten Job gemacht hatte. Und auf der anderen war da wieder das Invalidieren ihrer eigenen Fähigkeiten. Zhao hatte nicht einmal geblinzelt oder gezögert. Und er starrte sie immer noch an, weil er offensichtlich ihre Reaktion abwartete. Lei atmete tief durch. Sie streckte den Rücken durch und stand auf.

„Danke." Dann machte sie auf dem Absatz kehrt und wollte gerade das Büro verlassen, die Hand bereits am

Türknauf, als Zhao wieder etwas sagte, das sie stutzen ließ.

„Ich bin mir sicher, wir finden für Jhing eine gute Verwendung."

Lei wandte sich um, runzelte die Stirn. „Was soll das heißen?"

Zhao zuckte nur mit den Schultern. „Nun ja, es ist ja nicht so, als könnten wir einen Vampir von Jhings Alter einfach so im Gefängnis versauern lassen. Bei dem, was Jhing angestellt hat, sind irgendwo sicher noch vampirische Nachkommen übriggeblieben. Nicht jeder Jäger ist so gründlich wie du. Und du hast sicher schon von der neuesten Forschung zum synthetisierten Stechapfelgift gehört, oder?"

„Aha", machte sie. Sie hatte davon gehört, aber sie wusste immer noch nicht, was das mit Jhing zu tun hatte. Um dey als Versuchskaninchen zu benutzen, mussten sie doch vorher die Erlaubnis des Rates einholen. Sie hatte nicht bemerkt, dass sie den letzten Gedanken laut ausgesprochen hatte. Aber Zhaos Antwort ließ sie frösteln.

„Manchmal ist es besser, um Vergebung zu bitten als um Erlaubnis." Mit einem Wink seiner Hand entließ er sie, und Lei trat hinaus auf den Gang. Die Vorahnung, was das für Jhing bedeutete, jagte ihr einen Schauder nach dem anderen über den Rücken, und sie rieb sich die Arme, um die Gänsehaut unter ihrer Jacke loszuwerden.

Denn eines wusste sie: Gerechtigkeit sah so nicht aus. Und sie war wieder einmal machtlos, etwas dagegen zu unternehmen.

KAPITEL 22

Damien hörte Marguerite nicht, als sie in sein Büro getapst kam. Stattdessen starrte er immer wieder auf den letzten Frame des Videos von Flor, das Lei ihm geschickt hatte. Flor war darauf nur verschwommen zu sehen, ehe sie aus dem Fokus der Kamera fiel. Ein Wirrwarr an schwarzen Haaren.

„Was starrst du da so eindringlich an, mon chéri?", säuselte Marguerite plötzlich an seinem Ohr, und er zuckte tatsächlich zusammen. Bevor er Flor getroffen hatte, wäre ihm das nicht passiert. Da hätte er immer mit einem Ohr auf jegliche Bewegung draußen auf dem Gang geachtet. Aber dieses Mal hatte Marguerite, seine Spenderin, mit der er eigentlich über das Blutsband verbunden war, ihn doch tatsächlich überrumpeln können.

Schnell minimierte er das Fenster des Videoplayers und drehte sich zu ihr um. „Gar nichts", antwortete er.

„Nichts, was mich etwas angeht, richtig?", erwiderte Marguerite, und er konnte ihre Enttäuschung darüber fühlen, dass er ihr immer noch nicht mit wichtigen Dingen vertraute. Dazu musste er nicht sehen, wie sich ihr Mund zu einem schmalen Strich verzog und sich ihre Augen verengten. Er nahm ihre Hände in seine,

204

strich ihr eine Strähne aus dem Gesicht und sah sie beinahe zärtlich an.

„Marguerite, du weißt, dass ich nicht mit dir darüber sprechen kann."

Sie schüttelte entnervt den Kopf und entzog sich seinem Griff. „Mit Felix hast du darüber geredet. Aber ich versteh schon. Ich bin nur ein Mensch. Nicht vertrauenswürdig genug."

Damien zog überrascht eine Augenbraue hoch. „Du und Felix redet miteinander? Über *mich*?"

„Klar." Marguerite zuckte mit den Achseln. „Warum sollten wir das nicht tun? Abgesehen davon gibt er mir immer einen Drink aufs Haus, wenn ich im *Supernova* vorbeischaue." Jetzt beugte sie sich doch wieder näher zu ihm heran, ließ lasziv einen Finger an seinem Kragen entlangstreichen, während ihre andere Hand seinen Oberschenkel hinauf in die Nähe seines Reißverschlusses wanderte. Damien schluckte. Er räusperte sich.

Und versuchte, mit seinem Schreibtischsessel von ihr wegzurollen. „Es geht nicht nur darum, dass du ein Mensch bist, Marguerite. Du bist nicht Teil dieses Clans. Ergo betreffen dich die meisten Entscheidungen, die ich treffe, nicht. Und das wiederum bedeutet, dass du nicht alles wissen musst." Er hoffte, dass diese Sache damit endlich erledigt war.

Marguerite seufzte, aber anstatt von ihm abzulassen, kletterte sie auf seinen Schoß und schlang beide Arme um seinen Hals. Sie kam so nah mit ihrem Gesicht, dass er ihren Atem spüren - und riechen konnte. Sie hatte wohl Rudolpho dazu überredet, ihr einen Drink zu bringen. Der Alkoholfahne nach offenbar einen Martini. Damien notierte sich im Hinterkopf, dass er darüber mit dem Butler später noch sprechen würde.

Gerade wollte er eigentlich nur allein sein. Und aus den Videos und Dokumenten schlau werden, die Lei ihm überlassen hatte. Josephine hatte bestimmt schon bemerkt, dass jemand in ihrem Büro gewesen war. Aber noch hatte sie ihn nicht darauf angesprochen. Auch nicht auf den toten Jäger. Was untypisch war für die alte Dame, die doch sonst immer schnell den Mund aufmachte, wenn ihr etwas nicht passte.

„Damien, Damien", säuselte Marguerite und fuhr ihm mit einer Hand sanft durchs Haar. Er wollte den Kopf wegdrehen, aber sie hielt sein Kinn fest. „Wohin verschwindest du nur heute immer? Felix hat recht. Du hast dich verändert. Und versuch nicht, mich anzulügen. Ich kann zwar deine Gedanken nicht lesen, aber ich weiß, was du fühlst."

Er wich ihrem Blick aus und schob sie etwas unsanft von seinem Schoß, wodurch sie mit einem überraschten Quieken auf dem Parkettboden landete. „Ich will wirklich nicht darüber reden. Je suis désolé."

206

„J'espère bien", war ihre Antwort. *Das sollte dir auch leidtun.* Er bot ihr eine Hand an, um ihr auf die Füße zu helfen, aber sie weigerte sich und hievte sich an der Schreibtischkante hoch. Erst jetzt sah er, dass sie einen seiner Bademäntel angezogen hatte. Und darunter rein gar nichts trug. *Oh, Marguerite.* Wie oft hatte er schon versucht, ihr zu sagen, dass sie für ihn nichts weiter als seine Spenderin war? Aber sie wollte nicht hören. Hoffte immer noch, dass da mehr aus ihrer eigentlich rein zweckdienlichen und vor allem körperlichen Beziehung wurde. Nur war dem nicht so. Marguerite stolzierte, ohne ihn eines weiteren Blickes zu würdigen, zur Bürotür. Dort angekommen, schmiegte sie sich an den Türrahmen und drehte sich doch noch einmal um. Dabei rutschte der Bademantel von ihrer Schulter und entblößte nicht nur weiche, nackte Haut in einem hellen Beigeton. Der dunkle Abdruck seiner Zähne stand hierbei im starken Kontrast zu ihrer sonst so hellen Haut.

„Kommst du?", rief sie ihm zu. Damien überlegte kurz, sah von ihr zum Computerbildschirm und dann wieder zu Marguerite. Dann seufzte er, sperrte den Computer und stand auf. Marguerite kicherte, als er sie im Anschluss durch die Gänge seines Penthouse jagte, bis sie wieder in seinem Schlafzimmer angekommen waren.

Sie presste drängende, hungrige Küsse auf seine Lippen, seinen Kiefer und seinen Hals, zerrte an den Knöpfen seines weißen Anzughemdes, bis sie endlich alle aufbekommen hatte. Währenddessen bugsierte

Damien sie zurück zum Bett. Er ließ seine Lippen sanft an ihrem Unterkiefer entlangfahren, dann streifte er mit seinen Fangzähnen ihren Hals und grinste, als Marguerite als Antwort darauf ein Schauder über den Rücken lief und sich auf ihrem Körper Gänsehaut ausbreitete. Zwar würde er sie heute nicht noch einmal beißen - er hatte schon genug von ihrem Blut getrunken für heute, und auch die Spender brauchten eine Pause, um genug von dem Blutvolumen, das sie an den Vampir abgegeben hatten, wieder aufzubauen. Aber er genoss es einfach, wie sie auf das bloße Gefühl seiner Fangzähne an ihrer Haut reagierte. Sanft drückte er sie nach hinten, bis sie sich mit dem Rücken aufs Bett fallen ließ. Dann kletterte er über sie, sah ihr kurz in die Augen, bis sie ihre ausdrückliche Erlaubnis gegeben hatte, und küsste sie schließlich.

Marguerite, mit ihrem Kopf auf seiner Brust gebettet, genau über seinem Herz, seufzte, und Damien konnte sich das Grinsen nicht verkneifen. Er wusste genau, wie sie sich fühlte. Er musste zugeben, so zufrieden fühlte er sich sonst nur mit Felix.

„Du hast dich wirklich verändert", flüsterte Marguerite, offenbar schlief sie gerade fast ein. Was er ihr nicht verdenken konnte. Er hatte sie heute mehr gefordert als sonst.

„Das sagtest du bereits", meinte er schmunzelnd. Seine Mundwinkel zuckten. Marguerite hob den Kopf

208

und schlug ihm empört mit der flachen Hand auf die nackte Brust.

„Du findest das auch noch lustig, hm? Du Arsch", grummelte sie. Aber irgendwann fing dann auch Marguerite an zu lachen.

„Ich mein ja nur, dass du dir vielleicht etwas Besseres überlegen solltest, um mir zu sagen, dass ich mich verändert habe." Er hob abwehrend die Hände. Marguerite ergriff ihre Chance, packte seine Handgelenke und drückte sie über seinem Kopf auf das Kopfkissen. Dann schwang sie sich nach oben und setzte sich rittlings auf ihn. Sie beugte sich zu ihm herunter und flüsterte in sein Ohr: „Siehst du? So etwas hättest du letztes Jahr niemals zugelassen." Sie wollte noch etwas anderes sagen, richtete sich dann aber auf, hob die Hand vor den Mund und gähnte.

Damien schubste sie sanft von sich runter, sodass sie neben ihm in den Kissen zu liegen kam. Sie blinzelte ihn müde an, und er lachte leise. „Ich glaube, du solltest besser schlafen."

„Darf ich hierbleiben?", fragte sie und gähnte erneut.

Damien nickte. „Ausnahmsweise."

„Siehst du? Hast di...", murmelte sie und schlief mitten im Satz ein. Damien schüttelte amüsiert den Kopf, dann schwang er sich aus dem Bett. Er fand seine Hose, zog sie an und stapfte hinunter ins Wohnzimmer.

Rudolpho fand ihn ausgestreckt auf dem Sofa. Der Fernseher lief im Hintergrund, und Damien war gerade selbst dabei, einzunicken, als Rudolpho ihn sanft an der Schulter berührte.

„Sir, soll ich Mademoiselle Marguerite nach Hause schicken?", fragte der Butler mit dem langsam ergrauenden und stets schütterer werdenden Haar. Damien blinzelte ihn kurz verwirrt von unten an. Dann setzte er sich auf.

„Nein. Marguerite schläft heute hier. Bereite mir bitte eines der Gästezimmer vor, damit ich dort nachher schlafen kann." Der Butler nickte und verschwand wieder. Damien fuhr sich mit der Hand übers Gesicht und durchs Haar. Lei musste inzwischen wieder in Lhasa sein. Ob sie von ihrem Vorgesetzten die Anerkennung bekommen hatte, die sie verdient hatte? Er hatte keine Ahnung. Und er würde es wohl nie erfahren. Eigentlich sollte er sich darum nicht einmal sorgen. Lei war nicht einer seiner Menschen oder Vampire. Sie war eine Jägerin. Und er hatte ihr geholfen, ihre Mission zu erfüllen.

„Wenn das rauskommt, bin ich so was von erledigt", murmelte er in seine Hände und stöhnte leise. Dann hob er ruckartig den Kopf, als er die Nachrichtensprecherin hörte.

„Die Spannungen zwischen Vampiren und Jägern in Großbritannien wachsen weiter, als heute Morgen um neun Uhr Ortszeit der Jägerkoordinator Matthew

Gillespie verlauten ließ, dass die lokale Jägergemeinschaft sich dazu entschlossen hat, Lucius Gabienus doch noch vor Gericht anzuklagen. Diese Neuigkeiten kommen etwa zwanzig Jahre nachdem Gabienus die Jägerin Gabrielle Dumornay ermordete."

Damien starrte auf den Fernseher. Das war nicht ihr Ernst, oder?

GLOSSAR

Blutsband, das – mentale Verbindung, die zwischen Vampir und lebendem Mensch entsteht, wenn der Vampir von dem Menschen trinkt. Ermöglicht Vampir und Mensch unter anderem die Emotionen des jeweils anderen zu fühlen, in die Träume der anderen Partei einzutauchen und manchmal selbst im wachen Zustand durch die Augen des anderen zu sehen. Das Band ruft außerdem bei längerer Abstinenz Entzugserscheinungen bei Vampir und Mensch hervor, um das Überleben des Vampirs zu sichern. Diese äußern sich meist durch dumpfe Kopfschmerzen, die sich manches Mal über den ganzen Körper ausbreiten können. Blutsbänder zwischen Vampiren und Jägern sind per Gesetz verboten, da diese sonst zu Interessenkonflikten führen könnten. Das Blutsband besteht lebenslänglich, bis eine der beiden Parteien stirbt.

Clan, der – *s. auch „Vampirclan"*, lokaler Zusammenschluss von Vampiren. Meistens Vampire, die von einem Oberhaupt verwandelt wurden.

Jäger – Mensch mit schlafenden Vampir- und Werwolfgenen, die ihm ein höheres, körperliches Potenzial

213

bescheren und manches Mal bei der Verwandlung helfen. Oft werden nur Menschen als Jäger bezeichnet, die auch aktiv im Dienst stehen. Jäger sind eine der lokalen Polizei übergeordnete, paramilitärische Einheit, die sich mit Gesetzesübertretungen durch Vampire und Werwölfe beschäftigt und dafür sorgt, dass die Ko-Existenz-Gesetze befolgt werden.

Jägervereinigung – auch „Jägerbund", nationaler Zusammenschluss von allen Jägern, dem Ministerium für Interspezifische Affären und dem Jägerkoordinator unterstellt. Auch inaktive Jäger oder solche, die sich für einen anderen Beruf entschieden haben, zählen als Mitglieder.

Ko-Existenz-Gesetze – International festgelegte Gesetze, die seit etwa 1865 das Zusammenleben von Menschen, Vampiren und Werwölfen regeln sollen. Darin enthalten sind speziell Regeln, die Jagd- und Essverhalten der Spezies kontrollieren.

König, der – manchmal auch „Vampirkönig", archaische Bezeichnung für das Oberhaupt eines Vampirclans. Früher der Vampir, der den Clan gegründet hatte, heutzutage wird diese Position meist durch demokratische Wahlen bestimmt. Ein Vampir hat das Amt des Clan-Oberhaupts bis zu seiner Absetzung oder seines Todes inne.

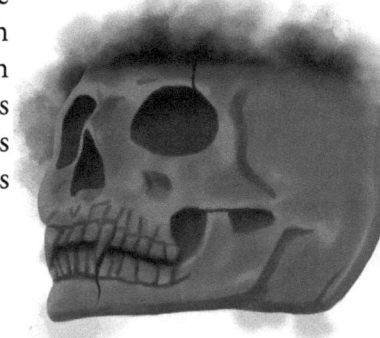

214

Ministerium für Interspezifische Affären – 1865 nach dem ersten Vampir-Aufstand (auch bekannt als der Amerikanische Bürgerkrieg) gegründete, der Jägervereinigung übergeordnete Instanz. Das Ministerium kümmert sich um Angelegenheiten, die Menschen, Vampire und Werwölfe betreffen. Jedes Land besitzt ein eigenes Ministerium. Minister und Jägerkoordinator arbeiten eng zusammen. Alle Minister und Jägerkoordinatoren setzen sich zu einem internationalen Rat zusammen, der Gesetze verabschiedet.

Vampir – Mutierte, humanoide Spezies, die sich durch relative Unsterblichkeit und Blutkonsum auszeichnet. Andere Merkmale inkludieren: ausfahrbare Fangzähne, Finger, die sich in Klauen verwandeln, goldene Augen mit Katzenähnlichen Pupillen, übernatürliche Schnelligkeit, Stärke und Heilfähigkeit. Vampire können sich nicht sexuell fortpflanzen. Neue Vampire werden durch den Biss eines Vampirs und Blutaustausch mit eben jenem erschaffen. Die Verwandlung geht mit hohem Fieber einher, das etwa drei Tage anhält. Exemplare dieser Spezies entwickeln eine Intoleranz gegen UV-Strahlung und erhöhte Reaktionen auf Stechapfel-Gift.

Werwolf – Mutierte, humanoide Spezies, die sich durch einen stark verlangsamten Alterungsprozess und die Verwandlung in Mensch-Wolf-Hybriden bei Vollmond oder Erregung auszeichnet. Sexuelle Fortpflanzung bei Werwölfen ist selten, kann aber vorkommen. Neue Mitglieder werden meistens durch Bisse oder Kratzer verwandelt. Die anfängliche Verwandlung geht wie bei Vampiren mit hohem Fieber einher, das etwa drei Tage anhält. Werwölfe entwickeln eine akute Allergie gegen Silber und Wolfswurz, auch bekannt als Eisenhut.

Werwolf-Statuten – *s. auch Ko-Existenz-Gesetze, manchmal auch Wolfsgesetze*, Regulationen, die speziell Werwölfe betreffen und in denen unter anderem festgelegt wird, dass kein Werwolf Menschen jagen oder töten darf.

FREMDSPRACHEN

GLOSSAR

Begriffe und Phrasen sind chronologisch nach ihrem Aufscheinen im Text geordnet.

On verra où ça nous mènera – Mal sehen, wohin uns das führt.

¡No pueden hacer eso! ¡Por favor! ¡Espere! ¡Señor, por favor! - Das können Sie nicht machen! Ich bitte Sie! Warten Sie! Sir, bitte!

rùshì sōuchá – polizeiliche Hausdurchsuchung

C'est des conneries! – Das ist Schwachsinn!

Nín shì shéi? – Wer sind Sie?

Húndàn – Arschloch (beleidigend)

Duìbuqǐ – Tut mir leid/Entschuldigung

Imbécile – Dummkopf

Merde – Scheiße

Hànzì – chinesische Schriftzeichen/chinesische Schrift

¿Ustedes van a Oaxaca? Es muy peligroso. Cuídense, por favor - Ihr fahrt nach Oaxaca? Es ist sehr gefährlich dort. Passen Sie auf sich auf, bitte.

217

Gracías – Danke

Usted están arrestado por crímenes contra el pueblo mexicano - Sie sind verhaftet wegen Verbrechen gegen das mexikanische Volk

Bájese – Steigen Sie aus

Muévase – Bewegen Sie sich

¿Qué quieren? – Was wollen Sie?

El es el responsable. Y los responsables reciben lo que se merecen - Er ist dafür verantwortlich. Und die Verantwortlichen bekommen, was sie verdienen

Pacho, déjala. Ortiz ha dicho que ella puede pasar. - Pacho, lass sie. Ortiz hat gesagt, sie darf reinkommen.

Cecilio, déjalos en paz. – Cecilio, lass sie in Ruhe.

¿Qué? – Was?

Retente a tú mismo. – Halt dich zurück.

Ay, guapo. ¿Porqué estás plantado por ahí? – Hey, Hübscher. Warum stehst du da so rum?

Tranquilo, papi. – Ganz ruhig, Daddy.

Carretera Internacional – internationale Schnellstraße

Zona Arqueológica de Monte Albán – Archäologische Stätte von Monte Albán

Zāogāo– Mist/Scheiße

218

Buenos días, Señora. ¿En qué puedo ayudarle? – Guten Tag, Ma'am. Was kann ich für Sie tun?

Déjese mover. – Bewegen Sie sich nicht/Nicht bewegen

Hola – Hallo

Qué chinga tu madre, cabrona – Fick deine Mutter, Schlampe

¿Qué pasa aquí? – Was ist hier los?

Eres realmente raro – Du bist wirklich seltsam

¡Mátala! – Töte sie!

Entrad ahí. Ahora. ¡Y matadla! – Rein da mit euch. Sofort. Und tötet sie!

¡Esperen! Creo que nuestra gran Señora ha visto suficiente sangre hoy. – Wartet! Ich denke, unsere mächtige Herrin hat heute genug Blut gesehen.

¿Por qué? – Warum?

Porque creo que ha demostrado que es una luchadora formidable. Ella merece vivir – Weil ich finde, dass sie gezeigt hat, dass sie eine gute Kämpferin ist. Sie verdient es, zu leben.

Lo siento. Lo siento mucho. – Es tut mir leid. Es tut mir sehr leid.

Je suis désolé. – Es tut mir leid

J'espère bien – Das hoffe ich

DANKSAGUNG

Willkommen zu dem Teil des Buches, vor dem ich mich immer drücke. Einerseits, weil sich eine Danksagung sowieso am besten erst in der Nähe des Veröffentlichungsdatums schreibt. Und andererseits, weil ich jedes Mal den Wunsch hege, niemanden zu vergessen, der für mich und für die Entstehung des Buches wichtig war und ist.

Aber zuallererst einmal *Danke* an dich, liebe Person, die das hier liest. Danke dafür, dass du *Blut und Dunkelheit* eine Chance gegeben hast, dass du bis hierhin gelesen hast. Ich hoffe natürlich, wie Schreibende das so tun, dass dir die Geschichte gefallen hat.

Und jetzt kommen wir zu den Danksagungen an die Personen, ohne die dieses Buch nicht in dieser Form existieren würde.

Mein herzlichster Dank geht an …

Kathi, Stef, Katrin, Saya, Jen und sowohl den Rest der Wiener Crew als auch des virtuellen Schreibtreffs für die Motivation, Ratschläge und das gemeinsame Arbeiten.

Zefi, Grimm, Lumen, Nika und den Rest des Schreibgeheimnisses – ebenfalls für Motivation, gemeinsames Coworking und Ratschläge.

Esa, Karo, Kay, Denise und Ellie, für das Feedback zum Cover, während ich kurz vor der Verzweiflung stand.

Ico, den unermüdlichen Plotloch-Aufspürer.

Mischu, für das Lektorat – ohne dich wäre *Blut und Dunkelheit* heute nicht das, was es heute ist.

Tino, für das Zähmen meiner teilweise wild gewordenen Kommata.

Nate, auch, wenn du dies ohnehin nur in der englischen Edition lesen wirst, für das Korrektorat meiner Übersetzung.

Und natürlich an den Rest meiner Unterstützerinis auf Patreon!

Jetzt entlasse ich euch zurück in die echte Welt und zu euren Aufgaben. Moment, bevor ihr geht, hätte ich da noch eine Sache. Bei Fragen zum Buch oder einfach nur Rückmeldungen freue ich mich liebend gern über eine Mail an info@sophiegrossalber.com oder eine Nachricht auf meinen Social Media Plattformen. Und, falls ihr die Zeit habt, natürlich auch über eine Rezension oder eine Bewertung auf einem der gängigen Portale – ganz egal, wie diese ausfällt.

Ich wünsche euch noch einen schönen Tag, wo immer ihr das hier wohl lesen mögt.

ÜBER DIE AUTORIN

1996 in Wien geboren, zog es Sophie Grossalber nach der Matura ins magische Edinburgh, um ihrer Liebe für Literatur, Film und die englische Sprache während des Bachelor-Studiums zu frönen. Jetzt lebt sie wieder in der Kleinstadt ihrer Kindheit, südlich von Wien. Wenn sie nicht gerade in der Weltgeschichte herumreist, schreibt sie fantastische Geschichten auf Deutsch und Englisch, übersetzt Belletristik oder trifft sich mit anderen Geschichtenliebhabern für eine Runde Dungeons and Dragons.

© L. Viciconte, 2022

Momentan lernt sie Chinesisch und studiert im Master Übersetzung in Literatur, Medien und Kunst an der Uni Wien.

Mehr über die Autorin: www.sophiegrossalber.com

Social Media:

Twitter: @sophiegwrites und @sophiegtranslat

Instagram: @sophiegwrites

TikTok: @sophiegwrites

BISHERIGE VERÖFFENTLICHUNGEN

- „Phönixflamme" in „The P-Files: Die Phönix Akten", Talawah Verlag, 2018

- „Anaia Montgomery und der Sirenen-Stalker" in „The A-Files: Die Amazonen Akten", Talawah Verlag, 2019

- „Blood and Guilt – Geschichten aus Dumornay" und „Blood and Guilt – Stories from Dumornay", Selfpublishing, 2019

- „Der Anwalt des Todesengels" in „Badass Angels: Gefiederte Kreaturen", Herausgeberin Emma N., Selfpublishing, 2020

- „The Devil You Know", englische Übersetzung von „Der Anwalt des Todesengels", Selfpublishing, 2022

- „Blut und Dunkelheit" und „Blood and Darkness", Selfpublishing, 2022

Blood and Guilt
Die Vorgeschichte

»Wir alle haben das Potenzial, zu Monstern zu werden.«
Vampire. Werwölfe. Jäger.
Drei Geschichten, drei Entscheidungen.
In New Orleans schwankt Vampirkönig Damien Moreau zwischen seiner Machtposition und seinem Gewissen.
Connor O'Rileigh wacht nach einer Vollmondnacht in den schottischen Highlands auf - inmitten der Mordserie einer blutrünstigen Bestie.
In den eisigen Ausläufern des Himalajas muss die Jägerin Xi Lei ihre tiefsten Überzeugungen hinterfragen und vermeintliche Unschuldige richten, um die Welt zu schützen.

Auch erhältlich auf Englisch.

ISBN (deutsch): 9783748140726

ISBN (englisch): 9783748141556